U0652778

内斯比特
儿童幻想
小说

凤凰与魔毯

THE PHOENIX AND THE CARPET

[英] 伊迪丝·内斯比特 / 著
[英] 哈罗德·罗伯特·米勒 / 绘
张玉亮 / 译

浙江少年儿童出版社·杭州

致
我亲爱的义子
赫伯特·格里菲思
及他的妹妹
玛格丽特

亲爱的赫伯特，如果我能找到
一张许愿的魔毯，
我会站在魔毯上告诉它：
"把我带到赫伯特身旁，马上！"
然后我们会飞向遥远的地方，
飞往魔幻的国度，
飞往你我前所未见的地方，
然后再挑选我所拥有的最可爱的礼物
送给你。

但是，唉！整整一天！
我都没有找到许愿的魔毯，

也没有找到凤凰的踪迹，
还有那沙精，好难寻觅！
所以我没什么好东西送给你——
除了这本书，这本关于你我的书，
也是一本关于她的书，关于玛格丽特的书，
是的，你的书，我的书，玛格丽特的书！

伊迪丝·内斯比特
写于迪姆彻奇
1904年9月

目 录

第一章

神奇的蛋

我估计在11月5日左右，罗伯特就开始怀疑为篝火节之夜①准备的烟花有质量问题了。

"这烟花也太便宜了！"好像谁这么说过，可能是罗伯特吧，"要是烟花在那天晚上点不着怎么办？那样普罗塞尔家的孩子们就有把柄笑话我们了。"

"我买的那些没问题，"简说道，"肯定没问题。卖给我烟花的那个人说，我买烟花的价钱比前面三伙儿的价钱都……"

"我敢说'三伙儿'这个表述有问题。"安西娅说。

"就一个词还谈什么语法标准，"西里尔说道，"你真是聪明过头了。"

安西娅绞尽脑汁想找个理由反驳他，突然记起前阵子妈妈奖励这几个臭小子去伦敦游玩（因为他们连续六天放学回家后

---

❶ 英国人纪念盖伊·福克斯及其"火药阴谋"这一历史事件的传统节日。

在门口的小垫子上擦掉鞋上的泥土），以及坐电车返回时他们有多失望。

所以安西娅冷冷地说："你还是别自作聪明吧，松鼠。这烟花看上去没问题，如果你今天没花那八便士电车费，正好可以再买点儿。有八便士呢，你可以买一个很好的旋转烟花。"

"我知道。"西里尔同样冷冷地回答，"可这八便士又不是你的……"

"好啦好啦，"罗伯特说道，"现在都听我说，咱们得谈谈这烟花，我们都不想在邻居那帮孩子面前丢人现眼吧。他们因为周日能穿红色长毛绒衣服就够得意忘形的了。"

"就算是有，我都懒得穿——除非我是苏格兰的玛丽女王①，穿着黑色长毛绒衣服被押往刑场砍脑袋。"安西娅不无讽刺地说。

罗伯特仍然坚持己见。这孩子有个过人之处，一旦认定了某件事，就会很执着。

"我觉得我们得测试下这烟花。"他说。

"你疯了吧！"西里尔说，"烟花就像邮票一样，只能用一次。"

"那你讲讲人家广告上说的'卡特的鉴定种子'是什么意思？"

---

❶ 玛丽女王被迫逊位后,逃到英格兰,因图谋暗杀英格兰女王而被斩首。

2

大家一阵沉默。西里尔摸了摸自己的额头，随后摇了摇头。

"这有点不对头啊，"他说，"罗伯特总让我坐立不安，他那股聪明劲儿你们是知道的，代数经常考第一的家伙，可以肯定……"

"闭嘴。"罗伯特呵斥道，"你们怎么不明白啊？如果是把所有种子都种下去，就不叫测试了。你只需要随机抽几粒试着种下去，如果样品能长好，其他的应该都差不多——你们谁知道这叫什么？爸爸告诉我，这叫'取样'。你们不觉得咱们该测试下样品吗？只要闭上眼，每人抽一个烟花出来，然后点燃试一下。"

"可是外面下那么大的雨怎么试啊？"简说道。

"真是废话，我们眼睛又不瞎。"罗伯特没好气地回了一句，"我们不需要出去测试，只要把桌子挪开，把烟花放到我们玩平底雪橇时用的托盘上燃放。我不知道你们是怎么想的，我们该干点实事了，测试烟花是正经事儿，我们不能只是想着我们家的烟花能让普罗塞尔家的那帮孩子大吃一惊——我们要有把握才行。"

"那好吧。"西里尔有气无力地投了赞成票。

于是孩子们把桌子搬开，然后把地毯掉转了方向，让地毯上面那个洞离窗口近些。那个洞黑漆漆的，看上去怪吓人的。安西娅踮着脚尖溜进厨房，趁厨娘没注意，拿走了一个托盘，然后放到地毯上的那个洞上。

　　所有的烟花都被放到了桌子上，四个孩子紧紧地闭上眼睛，伸出手去随便摸一个。罗伯特摸到一个爆竹，西里尔和安西娅都摸到罗马焰火筒，可怜的简却把胖乎乎的小手放到了所有烟花中最好的——那个价值两先令的魔术箱上，其中至少有一个人（暂不说是谁了，因为后面的故事真的让人很难过）说简这样做完全是故意的。没人对此感到高兴。更可惜的是这四个孩子都出奇地倔强，但凡与狡猾略微沾点边的东西他们都不屑一顾。他们就跟米堤亚人和波斯人一样，会对掷硬币、抽签或任何抓阄类的结果都义无反顾地执行到底，哪怕对可能出现的结果有多么不喜欢。

　　"我不是有意的。"简几乎快哭了，"我不管，我要重新抽一个……"

　　"你知道的，不可以重新再抽，"西里尔苦恼地说，"抽到什么就算什么。说好了要听天由命的。你已经抽好了，就不能反悔——我们也不能反悔的，谁让你运气不好呢。没关系，在5号之前你还有零花钱进账的。不管怎样，我们最后再燃放那个魔术箱，尽可能地物尽其用吧。"

　　他们先点燃了爆竹和罗马焰火筒，这些货确实是物有所值的，但等到要点燃魔术箱的时候，却困难重重，就像西里尔所说的，那烟花好像是坐在托盘里嘲弄他们一样。他们最先想用纸片引燃，接着又试了试火柴，却都无功而返。然后又在爸爸挂在门厅里那件极其考究的大衣口袋里摸到一盒耐风火柴，可

用它还是点不着。后来安西娅悄悄溜到楼梯底的橱柜旁，就是
存放扫帚和簸箕的地方，那里放着引火用的松脂，闻上去蛮舒
服的，就像松林散发的香气，还存放着旧报纸、蜂蜡、松节
油，还有用来擦铜器和家具的又破又硬的黑布条、点灯用的煤
油。她回来的时候还拿了个小罐，那是他们之前花了七个半便
士买红醋栗果冻时用来装果冻的，果冻早就吃光了，安西娅就
在这个小罐子里装满了煤油。她走进来，在西里尔正试着划第
二十三根火柴去点燃魔术箱的时候，把煤油扔在了托盘上。魔

术箱跟原先一样还是纹丝不动，但煤油的反应就截然不同：火苗瞬间蹿得老高，把西里尔的眉毛都烧着了。四个孩子感到脸都要被烤焦了，赶紧往后跳。情急之下，他们越跳越远，一直退到墙边。但那火焰势不可当，从地板一直蹿到天花板。

"哎呀，"西里尔生气地喊道，"安西娅，瞧你干的好事！"

火焰在天花板下面像玫瑰怒放一样蔓延燃烧，就像亨利·瑞德·哈格德在冒险小说《黄金雨》中描述的那样让人心惊肉跳。这下大事不妙了！罗伯特和西里尔连忙拽起毯子扣在托盘上。火焰消失了，只剩下浓烟和闷灭的油灯发出的刺鼻气味。大家都冲过去救援现场，煤油燃起的大火被大家踩来踩去，现在只剩下地毯上一束小火苗。突然，他们脚下的一声爆裂声让这群笨手笨脚的灭火队员吓了一跳。接着又传来一声爆炸——整个地毯下面好像有一只猫在活蹦乱跳，魔术箱终于点燃了，在地毯里发了疯似的咆哮、轰鸣。

罗伯特摆出冷静沉着的架势，奔向窗口打开了窗户。安西娅尖叫着，简吓得号啕大哭，而西里尔把桌子掀翻，弄到那堆扣在毯子里的烟花上。但烟花势不可当，在桌子下面噼里啪啦响个不停。

妈妈听到安西娅的尖叫，冲了进来。过了一小会儿，现场终于安静下来，只剩下死一般的沉寂。孩子们大眼瞪小眼，看着彼此熏黑的脸，还用眼睛的余光看妈妈那张煞白的脸……

实际上，儿童室的地毯之前因为偶然原因损坏了，这场闹剧最终导致每个孩子都被关进了卧室，倒是没人觉得吃惊。都说条条大路通罗马，这或许不假，但对于少年时期的孩子来说，我敢说条条大路通卧室，卧室也每每成为征途的终点——除非你自己停手。

剩下的烟花都被没收了，爸爸跑到后花园自己燃放了，这让妈妈感到不爽，不过爸爸说了："哎呀，亲爱的，除此之外还有其他办法吗？"

你瞧，爸爸就没顾及孩子们受伤的小心灵，因为孩子们的窗户正对着后花园，所以他们一边看着美丽的烟花，一边羡慕爸爸放烟花时那娴熟的技巧。

第二天，事情就这么过去了，只是儿童室得彻底打扫一下（就像新年的大扫除那样），天花板也得重新粉刷一遍。

之后妈妈出门了，到第二天下午茶时间，一个人扛着一捆地毯送货来了。爸爸付钱给他，妈妈却说："要是这地毯质量不行，我可是要换货的。"

这人回复道："女士，您放心，一根线头都不会缺的。这么好的东西您真是捡到大便宜了，这个价格卖出去我真是后悔得要命，但女士您要买，怎么好意思不卖呢？您说对吧，先生？"然后他朝爸爸使了个眼色，就离开了。

之后，爸爸妈妈就把毯子放到了儿童室里，新毯子上自然是没有窟窿的。

当展开毯子的时候，某个硬邦邦的东西从地毯里很响地落

下来，顺着儿童室的地板滚出老远。孩子们一拥而上，西里尔抢到了它，他把这东西拿到煤气灯旁。它的形状像是一个鸡蛋：半透明，闪着橙黄色的光泽，蛋里头隐隐透出某种奇怪的光，从不同的角度看，颜色也随之改变。透过蛋壳看，蛋里面是像淡淡火焰般的蛋黄。

"我可以留着它吗，妈妈?"西里尔问道。

妈妈当然说不行，他们必须把这个蛋归还给那个送地毯的人，因为她只付了地毯的钱，可不能收下这个带着火焰蛋黄的蛋。

妈妈告诉他们商店的位置，就在肯特镇路，离牛门旅馆不远。这家店铺很狭小，进店时，卖地毯的人正在巧妙地安置店外的家具，这样破旧的部分就能被遮蔽起来，不容易看到。他一看到这群孩子，就认出来了，没等孩子们开口他就先发制人。

"没门，"他大喊道，"我可不退货，你们别给自己找麻烦。买卖就是买卖。再说了这地毯从里到外完美无缺。"

"我们不是来退货的，"西里尔说，"我们在里头发现了一个东西。"

"那肯定是在你家时卷进去的，"他马上气愤地驳斥道，"我卖的东西可不会装进零七碎八的东西。里头干净着呢。"

"我没说里头不干净，"西里尔说，"但是……"

"哦? 如果里头有蛀虫的话，"卖货的人说，"用硼砂就能搞定，简单得很。就算有，我敢说也就那么一只。我可告诉你们，我的地毯绝对没问题。这地毯离开我的店铺时里头绝对没藏蛀虫——就像不会有一个蛋一样！"

"可真是这样的，"简回复道，"里头真有个蛋。"

那卖货的人急眼了，跺了跺脚，暴怒起来。

"都给我滚蛋！"他吼道，"不然我叫警察了。你们在这里抱怨我卖的毯子里头有东西，让其他客户听到了，你当是闹着玩的啊。赶紧走，别在这儿自讨没趣。喂！警察先生……"

孩子们吓跑了，他们认为，爸爸也知道他们对这件事束手无策，不过妈妈有自己的想法。

最后，爸爸说，他们可以把蛋留下来。

"这卖货的把货送来的时候，肯定不知道地毯里有一个蛋，"他说，"也不可能是你们的妈妈放进去的，我们有权利留下这个蛋。"

这样，这个蛋就暂时放在壁炉架上了，也瞬间让整个昏

暗的儿童室亮堂起来。儿童室光线暗淡，因为这是地下室的一个房间，窗户又正对着假山，黑魆魆的。假山上除了虎耳草什么都不长，偶尔也能发现一只蜗牛。

房产经纪人曾经描述过，这房间当作地下早餐餐厅很合适，在白天，这房间都很阴暗。晚上煤气灯点着的时候问题倒不大，但是晚上蟑螂也活跃起来，从壁炉四周橱柜下面的窝里爬出来想跟孩子们交朋友。我是觉得这蟑螂大军是想交朋友，可孩子们却避之唯恐不及。

11月5日，父母去剧院了，孩子们很不开心，因为隔壁普罗塞尔家那帮孩子们有很多烟花放，他们却什么都没有。

父母甚至不准他们在花园里点个篝火。

"不准再玩火了，你们也得体谅一下我们。"他们央求爸爸的时候得到这么一个答复。

被父母打发睡觉以后，孩子们沮丧地围在儿童室壁炉的火堆旁。

"无聊死了。"罗伯特说。

"要不我们聊聊沙精的故事吧。"安西娅说，她试着让大家高兴起来。

"光说有什么用啊？"西里尔说，"我是想干点什么事才过瘾。晚上不许出门真是太闷了，待在家里也无事可干啊。"

简完成了最后的作业，啪的一声合上了书。

"我们可以回忆下往日的美好时光啊。"她说，"回忆下上次

10

的美好假日吧。"

说实话，上次的假日确实值得回忆——他们住在乡下沙坑和砾石坑环绕的一栋白房子里，还真发生了些神奇的事儿。孩子们在那里发现了一只沙精，或者叫沙漠精灵吧，沙精让他们许愿——许什么愿都行，可以任性地、随心所欲地许愿。如果你想知道他们分别都许了什么愿，他们的愿望是否实现了，你可以读一下《五个孩子和一个怪物》这本书（这里"怪物"就是指沙精）。如果没有读过这本书，我可以告诉你，其中第五个孩子是他们的小弟弟，名叫拉姆①（小羊羔），因为他开口说的第一个音就是"咩"。其他孩子没有长得多帅气，也没有多聪明或者多优秀。大体来说，他们不是什么坏孩子，他们就是跟你我一样的普通人。

"我不想去缅怀美好时光。"西里尔说，"我希望有更多刺激的事儿发生。"

"其实，相比之下，咱们比其他人幸运多了。"简说道，"瞧，别人都没找到过沙精吧。我们应该感激才是。"

"那我们为什么不能继续呢？"西里尔问道，"我的意思不是继续感激，我是说为什么不能接着走运？"

"也许好事儿就要来了，"安西娅安慰道，"你们知道吗，有时候我觉得咱们就是那种注定有故事的人。"

---

❶ Lamb，在英文中也有小羊羔的意思。

"这就像是历史上说的，"简说，"某些国王一生会经历很多趣事，另外一些国王则不然，只有出生、加冕、下葬，度过无聊的一生。"

"我觉得安西娅说得对，"西里尔说，"我们注定是有故事的人。我有一种预感，只要我们推动一下，很快就会有故事发生。只需要推一把，故事就会开始了。"

"真希望学校有教魔法课啊，"简叹了一口气道，"我相信如果我们会点魔法，肯定能做一些事情。"

"可你从哪里下手呢？"罗伯特环视了下屋子，但是从褪色的绿窗帘，土褐色的百叶帘，或者是地板上破旧的棕色油布那里，都看不出一点儿头绪。那新地毯的花纹虽然很奇妙，总感觉它随时会让你产生奇思妙想，但眼下也同样给不出什么启示。

"我很快会想出来的，"安西娅说，"我读过很多这方面的书。"

"我们去读下《英戈尔兹比传说》①吧，那里有和阿布拉卡达布拉魔咒有关的事。"西里尔打了个哈欠说道，"我们可以玩点魔法，假装是圣殿骑士团，他们很迷恋魔法呢。他们曾经用山羊和大鹅施展咒语，是爸爸告诉我的。"

"还是算了吧，"罗伯特冷冷地说，"你扮演山羊很合适，简擅长演大鹅。"

---

❶ 一本关于神话、传说、鬼故事和诗歌的故事集。

"我去拿《英戈尔兹比传说》去，"安西娅急促地说，"你们把炉前的地毡掀一下。"

壁炉前的地毡保持得很干净，他们循着地毡上的奇怪数字去找这本书。之前罗伯特从数学老师的办公桌上捡回来一个粉笔头，他们就用它做了标记，方便找这本书。你知道的，拿一支新的粉笔是偷盗行为，但如果拿断粉笔就没什么大不了，前提是你只拿了一截。（我也不知道这规则是什么道理，也不知道是谁制订了这规则。）然后他们就开始哼唱他们会唱的最忧伤的歌。当然了，什么事都没有发生。所以安西娅说道："我敢说，我们需要用芳香木料升起魔法火焰，里头再加入魔法木焦油和香精之类的东西。"

"除了雪松，我不认识其他芳香木料，"罗伯特说道，"不过我有几支雪松木铅笔头。"

于是他们就点燃这些铅笔头。不过依然什么都没有发生。

"我们烧一点儿治感冒的桉叶油吧。"安西娅说道。

他们照办了，这气味自然是很强烈。他们又从大箱子里搞来几块樟脑烧了起来。这火焰很亮，黑色的浓烟也令人毛骨悚然，看上去好像很有魔力的样子，可还是什么都没发生。接着他们从厨房的碗柜抽屉里取来几张干净的茶几布，然后挥舞着，唱着《伯利恒摩拉维亚修女赞美诗》，看上去很像那么回事儿。但还是老样子，什么都没发生。他们挥舞得越来越夸张，罗伯特的茶几布碰到了那只金黄色的蛋，蛋从壁炉架上掉下

来，落进炉围，滚到了炉栅底下。

"啊！"好几个声音喊道。

大家马上趴下来，看炉栅里的蛋：蛋躺在滚烫的热灰里熠熠生辉。

"幸好没摔碎。"罗伯特说，他把手伸到炉栅里头去掏蛋。但大家都没料到的是，这蛋在短短的时间内温度剧增，罗伯特"哎呀"一声被烫得松开了手。蛋落到了炉栅上，弹了两下又滚落到炽热的炉火中。

"快去找钳子！"安西娅喊道。可是，没人能记得钳子放什么地方去了。上次拉姆小弟弟把玩具茶壶丢在积水罐里头了，大家是用钳子把它从积水罐底部打捞出来的，不过一着急大家都给忘了。所以儿童室的钳子被遗忘在积水罐和垃圾箱之间，而厨娘又拒绝把厨房的钳子借给他们。

"没关系，"罗伯特说，"我们可以用拨火棍和铲子把它取出来。"

"啊，别，"安西娅说，"快看它！看！看！快看！我觉得我们真的遇到什么事儿了！"

那个蛋现在炽热无比，里头有个东西在动。接着是"咔嚓"蛋壳破裂的声音，这个蛋裂成两半，里头孵出来一只火红的鸟。它在火焰中休息了一会儿，就在它休息的时候，孩子们眼睁睁地看着它越长越大。

孩子们嘴巴都张得大大的，眼睛都瞪得圆圆的。

这只鸟在火焰巢穴里站了起来，舒展了下翅膀，然后从壁炉中飞到房间里。它在房间里盘旋，所到之处空气都是暖暖的。然后它在炉围上停了下来。孩子们面面相觑，西里尔伸出手想碰一下这只鸟，它侧了侧脑袋看着他，就好像是一只鹦鹉在开口学舌之前的神情，所以当它说"小心些，我还没冷却下来呢"的时候，大家一点儿也没觉得意外。

虽然不吃惊，但大家还是觉得非常非常新奇。

他们看着这只鸟，这只非常值得一看的鸟。它的羽毛就像是金子一样，大小就像矮脚鸡差不多，只不过它的喙跟矮脚鸡一点都不像。"我知道这是只什么鸟，"罗伯特说，"我见过图片。"

他匆匆地跑到爸爸书桌上一阵乱翻，就如同算术课本上说的"理想化的结果"——他还真找到了。但当他

握着一张纸返回儿童室并喊着"瞧，快看这儿"的时候，其他孩子都回了一句："小声点儿！"他立即听话地不作声了，因为那只鸟开始说话了。

"你们当中是谁，"它说，"把这只蛋放到火里的?"

"是他。"三个声音回答道，手指也同时指向罗伯特。

这只鸟鞠了一躬，至少看上去像是鞠躬吧。

"我欠您一个人情，非常感谢。"它优雅地说道。

除了罗伯特，孩子们都被这突如其来的奇迹震撼了，惊奇得不敢喘气。罗伯特手里握着那张纸，他知道这只鸟的来历。

他重申一遍——"我知道你是谁。"

他打开一张印刷纸，在纸上方有一幅小图，画着一只在火焰中安坐的鸟。

"你是一只凤凰。"罗伯特说。这只鸟对这答案很满意。

"这么说我的名声在两千年来经久不息，"它回答道，"请允许我看看我的肖像。"罗伯特跪在炉围边上摊开这张纸。它看了图后说道："画得实在不敢恭维……这些字是怎么说的?"它问道，翅膀指着那印刷字的部分。

"哦，那些描述很无聊，跟您关系不大。"西里尔客客气气地说道，"但在很多书中都有关于您的记载。"

"也带有配图吗?"凤凰问道。

"呃，没有啦，"西里尔说，"实际上，我想除了这张图，我没有看过您的肖像，不过如果您感兴趣，我可以读一点儿关于

您的内容。"

凤凰点了点头，于是西里尔去取来那本旧版百科全书第十卷，在第246页上找到了下面的内容："凤凰——在鸟类学上属于一种传说中的太古鸟类。"

"太古这词用得很对，"凤凰说道，"传说这两个字，嗯……我看上去不真实吗？"

大家都摇了摇头。西里尔接着说：

"古人说凤凰是唯一的，或者说只有一只。"

"这话说得很对。"凤凰说。

"他们描述你的大小跟鹰差不多。"

"鹰有大有小，"凤凰说，"这描述不够贴切。"

孩子们都在壁炉前的地毯上跪了下来，尽可能离凤凰近一点儿。

"你们靠火这么近，脑袋会烤焦的，"它说，"当心，我还没完全冷却下来。"然后它舒展开金色的翅膀，从炉围飞到桌子上去了。它已经冷却得差不多了，当落到桌布上的时候，就只能隐隐闻到一股淡淡的烧焦气味。

"只略微烧焦了一点点，"凤凰充满歉意地说道，"洗洗就好了。请接着读。"

孩子们都聚到桌子旁。

"鹰一般大小，"西里尔接着读，"它的头上有华丽的冠羽，脖子上覆盖金色的羽毛，身体是紫色的，尾巴是白色的，眼睛晶莹闪烁，就像天上的星星。他们说凤凰在野外能活五百年，当它老了的时候就会给自己堆一堆香木和芳香的树脂，用自己的翅膀点燃火焰，把自己给烧掉，接着在燃烧的灰烬中会诞生一只虫子，并随着时间的推移长成一只凤凰。因此也就有了腓尼基人给它……①"

"管他给什么东西，"凤凰说，生气地抖了抖它的金黄色羽

---

❶ 在英文里，凤凰是 phoenix，腓尼基是 phoenicia，两词同源。这句没说完的话是："腓尼基人给它起名为腓尼基。"

毛，"他们什么都给不了，他们就是那种一毛不拔的人。这本书就该毁掉，里面大部分内容都不准确。我身体的其余部分从来就不是紫色的，还有我的尾巴——我问你们，这是白色吗?"

它转过身体，严肃地给孩子们展示了下它的金色尾巴。

"不，不是白色。"大家回答道。

"是啊，从来就不是白色。"凤凰说，"再说，灰烬中重生一只虫子，这是多么卑鄙的羞辱啊。凤凰会生下一只蛋，跟其他体面的鸟儿差不多。凤凰会堆一堆柴火——那部分倒是准确的——但它会下蛋，再烧掉自己，然后就睡去了，醒来后会在蛋里重生，孵出来接着生活，周而复始。我没法告诉你们这有多么辛苦——这是一种永无休止的生活，永不得安宁的折磨。"

"可是你的蛋怎么到这儿来了?"安西娅问道。

"啊，这是我的生命秘密，"凤凰说道，"我是绝不会告诉那些没有同情心的人的。我一直是被误解的鸟。你从他们说我会变成虫子这一点就知道了。但我可以告诉你们，"凤凰盯着罗伯特那双明亮的眼睛接着说，"是你把我丢到火里头去的……"罗伯特看起来很不自然。

"不过是我们其他人用香木和树脂生的火。"西里尔说。

"还有……我把你碰到火里去完全是个意外。"罗伯特艰难地坦白，因为他不知道凤凰会怎么回应这个意外。但它的回答却出人意料。

"你的坦白打消了我最后的顾虑。"凤凰说，"我来告诉你们

我的故事。"

"你不会突然消失，或者突然怎么样……吧，对吗？"安西娅担心地问道。

"为什么？"凤凰抖了抖身上的羽毛问道，"你们希望我待在这里吗？"

"是啊是啊。"大家十分真诚地回答。

"为什么？"凤凰在桌布上又问道，看上去很谦逊。

"因为……"大家立即回答，不过欲言又止，略停了一下，简先开口了，"您是我们见过的东西中最美丽的。"

"你是个很懂事的孩子，"凤凰说，"我不会突然消失或者突然发生什么事。让我给你们讲讲我的故事吧。我曾经住在荒野好几千年，就像你们的书中说的，那里海阔天空、恬然静谧、与世隔绝，但我对这种单一的生活渐生倦意。我也养成了五百年生蛋自焚、浴火重生的习惯，你们也知道改变一生的习惯有多困难。"

"是啊，"西里尔说道，"简曾经咬指甲。"

"但我改了这习惯了，"简很受伤地驳斥，"你知道我改了的。"

"直到别人给你的指甲涂上苦芦荟叶汁之后你才改的。"西里尔说道。

"我有点儿怀疑，"凤凰严肃地说，"即使是苦芦荟叶汁（顺便提一下，芦荟有自己的一些不良习性，在治愈他人之前可能需要好好治治自己，我指的是它一百年才开一次花的懒惰行为），也不能治好我。但是我竟然被治愈了。有一天早上，我从一个焦躁不安的梦中醒来——对我来说，那时已经非常接近点燃那团让人厌恶的火，生下那个乏味无比的蛋的时刻了——我看到两个人，一个男人和一个女人。他们坐在魔毯上——当我彬彬有礼地跟他们打招呼时，他们向我讲述了自己的故事。你们都没有听过这个故事吧，让我慢慢讲给你们听。他们一位是王子，一位是公主，关于他们父母的故事，我相信你们一定喜欢听。公主的母亲在年纪尚幼的时候偶然听说了一个巫师的故事，那个故事我相信你们会有兴趣的。那个巫师……"

"哦，请不要说了，"安西娅阻止道，"我真是不能理解所有这些故事的开头，你似乎要把他们的故事讲得越来越深入了。就告诉我们你自己的故事好了。我们其实最想听这个故事。"

"好的。"凤凰说，它好像感觉十分荣幸，"我把大约七十个长故事浓缩一下，长话短说吧（虽然当时我不得不听完所有这些故事——但毫无疑问，在荒野中我有很多时间），王子和公主彼此相爱，他们看不上其他人，巫师——不用紧张，我不会深入讲他的故事的——给了他们一块魔毯（你们听说过魔毯吗？），他们只不过是坐在上面，然后告诉它带他们离开所有人，魔毯就把他们带到荒野之中了。因为他们打算待在那里，要魔毯也没什么用，就把它送给我了。那真是千载难逢的良机啊！"

"我不明白你要魔毯有什么用呢，"简说道，"你有这对美丽的翅膀啊。"

"这对翅膀真的很漂亮，不是吗？"凤凰羞赧地笑着展开自己的翅膀说，"是的，我让王子展开魔毯，在上面生下了我的凤凰蛋，然后对着魔毯说：'现在，我无与伦比的魔毯啊，证明你的价值的时刻到了。带这只凤凰蛋到一个两千年都不能孵化的地方去，在那里，当时间到了，有人会用芳香木和树脂点燃熊熊火焰，把凤凰蛋放上去孵化。'你们也看到了，一切都像我所说的一样发生了。当我的话音刚落，凤凰蛋和魔毯就消失得无影无踪了。这对皇室爱侣帮我堆起了柴堆，抚慰我度过最后的时

刻。我把自己烧成了灰烬，直到我在那边的祭坛上醒来，之前的一切就一无所知了。"

凤凰用自己的爪子指着壁炉。

"但是那魔毯，"罗伯特说，"就是那块可以随你所愿，带你去想去的地方的魔毯，它怎么样了呢？"

"哦，那块魔毯啊？"凤凰漫不经心地说，"我想说，这就是那块魔毯啊。我还清清楚楚记得毯子上的花纹呢。"

它一边说，一边指向地上铺着的地毯，正是妈妈花了二十二先令九便士在肯特镇路买的那块毯子。

就在这时，门外传来了爸爸的弹簧锁钥匙开门的声音。

"天哪，"西里尔小声说道，"现在我们可能要被逮到没有睡在床上了！"

"快许愿你们正待在床上，"凤凰慌里慌张地小声说道，"然后再许愿魔毯回到自己应该待的地方。"

话音刚落，竟然一切都实现了。当然了，这难免让人有点眼花缭乱，还有点上气不接下气，但是事情好像再次恢复了正常，孩子们都乖乖地躺在床上，灯也都熄灭了。

他们听到黑暗中传来凤凰温柔的声音。

"我会在你们窗帘上方的窗檐上休息，"凤凰说，"千万别向你们的家人提起我啊。"

"再好不过了，"罗伯特说，"我的意思是，他们从来不愿意相信我们说的。"他透过半开的门跟女孩们说着话，"咱们聊一

聊探险和发生的事情吧。咱们肯定能从魔毯和凤凰身上得到一些乐趣。"

"一定会的。"女孩们躺在床上回答道。

"宝贝们,"爸爸站在楼梯上说,"马上睡觉。这个时间你们还嘀嘀咕咕地说话,是什么意思啊?"

爸爸当然不期望这个问题能得到什么回复,但是西里尔在床单下面却嘟嘟囔囔地说着话。

"什么意思?"他说道,"你不知道我们是什么意思,那我就什么都不知道……"

"但是,我们拥有了魔毯和凤凰啊。"罗伯特说。

"要是爸爸进来逮住你的话,你还会得到一些其他东西。"西里尔说道,"我跟你说,快点闭上嘴吧。"

罗伯特依言不再说话。但是他们和你一样清楚,有关魔毯和凤凰的奇妙旅程不过是刚刚开始而已。

爸爸妈妈对于他们不在时发生的事情完全不知。事情往往都是如此,即使魔毯或凤凰没有出现的时候也是这样。

第二天——我想你们应该想把这个故事留到下一章。

第二章　无顶高塔

　　孩子们见到凤凰蛋在儿童室的壁炉火焰中孵化，还听说儿童室地板上所铺的毯子其实是张货真价实的魔毯，可以把他们带到任何想去的地方。毯子适时将他们送到床上，凤凰则离开房间，栖息在男孩们房间窗帘上方的窗檐上。

　　"抱歉，"凤凰彬彬有礼道，边说边温柔而轻巧地拨开了西里尔的右眼，"我听到楼下的仆人在准备食物了。快醒醒！我有事情要说明，还有事情要安排……我希望你们千万不要……"

　　凤凰被西里尔突如其来的一阵拳打脚踢惊到了，停下说话，挥舞翅膀飞向窗檐。男孩们突然醒来常常会这样，凤凰尚未适应小男孩们的这些做法，它的翅膀没受伤，内心却受伤了。

　　"对不起，"西里尔瞬间清醒了，赶忙道，"快回来！你刚才说了些什么？关于熏肉和口粮的什么事？"

　　凤凰挥舞翅膀飞回床尾的黄铜围栏上。

　　"哎呀——你是真的，"西里尔说，"太奇妙了！魔毯呢？"

"魔毯也是真实的，"凤凰骄傲地回答道，"但是，你得明白魔毯只是魔毯而已，而凤凰可是至高无上的凤凰。"

"是的，确实如此，"西里尔赞同道，"我明白怎么回事了。哦，真是太幸运了！快醒醒，罗伯特！今天可有好多让人开心的事等着咱们呢。今天又到周六了。"

"在沉静的夜里我静静观察，不断思考，"凤凰说，"我不得不想到，昨天你们对我的外表并不那么惊讶。但是古人常常会感到惊诧。那么，你们是在期待着我的蛋孵化出来吗？"

"没有啊。"西里尔道。

"即使我们期待着蛋的孵化，"安西娅听到凤凰银铃般的声音后裹着睡袍走了进来，"也绝没想到它能孵出像你这样绚烂夺目的尤物。"

凤凰羞赧一笑。或许你们也从未见过鸟儿的笑容。

"你知道的，"清晨仍旧寒气逼人，安西娅用男孩子们的床单裹住自己说道，"我们之前曾遇到过一些事。"她讲述了沙精的故事。

"确实如此，"凤凰说，"沙精极为罕见，我那个年代也是如此。我记得自己还曾被称为荒漠沙精。我常常受到恭维，我也不明白为什么。"

"那么，你能实现愿望吗？"刚刚走进来的简轻声问道。

"哦，天哪，我可不能，"凤凰倨傲地说，"至少——我听到有人走过来的脚步声了。我得赶快藏起来。"随后，它转眼就踪影全无了。

我记得已经提起过这是一个周六。那天也是厨娘的生日，妈妈让她和女仆伊莱扎到水晶宫跟朋友聚会去了，因此简和安西娅必须得帮着铺床叠被以及清洗早餐杯，还有一些琐碎的小事。罗伯特和西里尔打算上午跟凤凰聊聊天，但显然这只凤凰有自己的主意。

"我必须得安静一两个小时，"凤凰说，"否则神经非崩溃不可。你们别忘了，我可是两千年没说过话了，已经疏于练习，我得好好照顾自己才行啊。人们常常嘱咐我，我的生命宝贵。"

几天前为了应付比赛，孩子们从储藏室取来一个爸爸的旧帽盒充当头盔，此时却成了凤凰的栖息之地，它舒舒服服地蜷在里面，金灿灿的脑袋埋在同样金光闪闪的翅膀下，酣然入睡。罗伯特和西里尔将桌子后移，坐在魔毯上，想要去其他地方。但在他们决定到哪儿去之前，西里尔说：

"我也不清楚，但要是不等女孩们就开始的话，是不是显得太不厚道了。"

"她们恐怕一整个上午都得在那儿忙活了。"罗伯特耐心地解释道。然而，他内心深处涌出一个念头，在那些无聊的书中称之为"良知"的一种声音责问道："你们为什么不去帮帮她们呢？"

西里尔的"良知"也同样地诘问他，因此，男孩们过去帮忙清洗了茶杯，还把客厅也打扫干净了。罗伯特兴致勃勃地建

议把门阶一并打扫了，之前家人可从不允许他干这些。今天这样的情况恐怕也不允许他这么做。主要的原因之一在于——厨娘已经打扫过这里了。

家务很快就做完了，女孩们七手八脚地给爬来爬去的宝宝穿上他的蓝色海盗装，再端端正正地戴上三角帽，逗着小宝宝开心，让妈妈有时间换衣服，等会儿带着他到祖母家去。妈妈每个周六都要去看祖母，通常都会带上几个孩子同行，但今天孩子们得留下来看家。只要他们想起自己要看的家中，竟然有一只无与伦比的凤凰，还有一张神奇的魔毯，他们就满心欢愉，雀跃不已。

只要你跟拉姆玩诺亚方舟问答游戏，他就会安分好长时间。这简直太容易了。只需要让他坐在你的膝头，告诉你他是什么动物，然后你给他朗诵一段关于他选的动物诗歌就行了。当然，有些动物，比如说斑马和老虎，可没有什么诗歌，这些动物很难押韵。拉姆对于哪些动物有诗歌吟诵了如指掌。

"我是一只熊宝宝。"拉姆一边说，一边紧紧偎着安西娅。

安西娅轻柔地诵道："我爱我的熊宝宝，爱他可爱的鼻子、小小的脚趾和光滑的皮毛，我喜欢拥他在怀抱，一生护他温暖和安宁。"

当她念到"安宁"时，肯定会收获一个货真价实的"熊"抱。

接下来是鳗鱼，拉姆被安西娅挠得手舞足蹈、扭来扭去的，分明就是一条名副其实的鳗鱼。

"我喜欢小小的鳗鱼宝宝，他浑身滑腻难抚摸，他长大变成大鳗鱼——但他此刻仍是———尾——小鳗鱼！"

或许你并不知道小鳗鱼就是鳗鱼宝宝，但我们的拉姆可是一清二楚。

"现在该刺猬了！"他又接着说。

安西娅继续念道："刺猬宝宝刺猬宝宝，我爱你，背上刺儿多而利，胸前却是柔又软，伸手向前拥抱我！"

然后，安西娅从前面逗弄着拉姆，他欢快地咯咯笑个不停。

这是一个真正的幼儿游戏，当然，这韵律恐怕只有对很小的小朋友才有吸引力吧，对于有能力读书的人恐怕就不太合适了，所以，我不会再向你们提起这些诗歌了。

当拉姆陆陆续续当过小狮子、小黄鼠狼、小兔子和小老鼠后，妈妈终于准备好了，每个人都跟妈妈和拉姆吻别拥抱，这场景和你打扮停当要出门时如出一辙，男孩们把他们送上了电车。当男孩们赶回来时，大家你看看我，我看看你，异口同声道："现在是时候了！"

他们把前门和后门都牢牢锁上，把所有窗户都关得死死的。他们一起把桌子和椅子从魔毯上搬开，安西娅仔细地把魔毯打扫干净。

"我们必须关心一下魔毯，"她满怀善意地建议，"我们下次

给它点茶叶。地毯喜欢茶叶。^①"

接着，大家陆陆续续地把自己出门要用的东西拿过来放在魔毯上，因为西里尔告诉大家，他们还不知道自己会到哪儿去呢，如果在11月穿着无袖装，也不戴帽子的话，恐怕人们会像看怪物一样盯着你。

罗伯特轻轻唤醒了凤凰，这只鸟儿懒洋洋地打着哈欠，伸伸懒腰，让罗伯特把自己抱到了魔毯中间，接着立马在那里重

---

❶ 扫地时撒上些茶叶渣，灰尘不会飞起来。

返美妙梦乡了，戴着高傲羽冠的头颅一如既往地遮在金光闪闪的翅膀下面。大家也陆陆续续地坐到了魔毯上。

"我们要到哪里去？"这当然是首先要考虑的问题，接着大家展开了热烈的讨论。安西娅想要到日本去，罗伯特和西里尔则主张前往美国，而简希望能到海边一游。

"因为那里有驴。"她解释道。

"11月份可没有，你真是笨。"西里尔打击她道。

讨论越来越激烈，但是却没法达成一致的结论。

"我赞成让凤凰来做决定。"最后罗伯特建议道。孩子们一直抚摸凤凰，直到它悠悠醒转。"我们想要出国，"孩子们说，"但我们不知道到哪里去。"

"如果魔毯有主意的话，就让它来选择吧。"凤凰说，"只要告诉魔毯你们想出国就行了。"

孩子们照做了。紧接着，世界好像上下颠倒了，当一切再次恢复正常，他们也不再头晕眼花时，他们新奇地四下张望着，天哪，他们已经到了户外。

户外，这个词用来描述他们所处的位置简直是词不达意。他们已经离开了——离开了地面，或者说远离了地面。实际上，他们一群人稳稳地飘浮在空中，非常安全，景象异常壮观，周围空气清澈舒爽，头顶的天空呈现明亮的淡蓝色，遥望下方，大海明亮闪烁，散发出钻石般璀璨的光芒。魔毯通过某种方式让自己绷得笔直，方方正正的，非常结实，就像救生艇

一样。魔毯自我控制的能力也非常出色，它平稳地飞速前行，这让大家感到心安，没有人会担心从上面摔下去。

这时，他们前面出现了一块陆地。

"那是法兰西海岸。"凤凰悠悠醒来，用自己的翅膀指着那里说，"你们想到哪里去？我会保留一个愿望，当然这是为了防备你们陷入无法脱身的紧急情况中。"

但孩子们兴致勃勃地沉浸于飞行中，没有人听到凤凰的话。

"我跟你们说，"西里尔兴奋地说道，"咱们就让魔毯一直飞，当我们看到真正想停留的地方时，我们就在那里停下来。这是不是很棒啊？"

"这就像坐火车一样。"安西娅说道。他们轻轻掠过低处的海岸线，一路稳稳地向前穿行，飞过平整的田野，掠过两侧种满杨树的笔直大道，"这就像坐在特快列车上，只是在车上你什么都别想看到，大人们总是紧紧关着窗户，然后人们呼吸的气息附着在窗户上，玻璃就变得跟磨砂玻璃似的，大家什么都看不到，只能去睡觉了。"

"这就像玩平底雪橇一样，"罗伯特说，"如此平稳又快速，只是前面没有门垫，没办法做短暂停留——只能一直滑。"

"亲爱的凤凰啊，"简衷心感谢道，"这可都是你的功劳啊。哎呀，快看那座漂亮的小教堂，还有那些头上戴着帽子般飘扬飞舞饰品的女人。"

"不用客气。"凤凰睡眼惺忪，但彬彬有礼地回答道。

"哦!"西里尔概括了每个人心中的雀跃欣喜,"看看所有这一切——快看看——再想想肯特镇路!"

每个人都在张望,每个人内心也在暗暗思忖。魔毯上的旅程恢宏壮丽,魔毯流畅而又平稳、迅速地前行。他们一路上朝下看着各种各样新颖独特又绚烂美丽的事物,不由自主地屏住呼吸,又情难自禁地深深叹息,一路上不停地发出"哦"和"啊"的赞叹,这番景象一直持续到午餐时间后。

简突然说道:"我们要是带着果酱馅饼和冷羊肉来就好了。享用空中野餐肯定格外惬意。"

但是,果酱馅饼和冷羊肉却远在千里之外,静静地待在卡姆登镇家里的食品室内,孩子们本该待在那儿看家的。而此时,一只老鼠正在品尝果酱馅饼上的树莓果酱(它轻轻地在馅饼皮上咬了一条缝,或者说是一道沟),想看一看这道美食适不适合邀请它的老鼠丈夫一起坐下来共享。它自己已经享用了一份美妙的丰盛大餐。

"我们看到美妙的地方就停下来吧,"安西娅说,"我有三便士,你们男孩子每人手里都还有那天坐电车没花掉的四便士,够咱们买点儿吃的了。我希望凤凰会说法语。"

魔毯轻轻掠过岩石、河流、森林、城镇、农场和田野。这让大家想起了自己曾经有翅膀的那段日子,他们纵身飞上教堂的顶楼,在那里吃着鸡肉、新鲜的面包,还有苏打水。这也让他们想起了自己现在是多么饥肠辘辘。正当他们心头涌起这些回忆时，看到前面的山上有一段残垣断壁，看起来结实挺拔，说实话，它看上去就像一座坚固的新方塔一样。

"那塔顶几乎和魔毯的尺寸一模一样，"简说，"我觉得到那个顶上去不错。那些艾比人都上不去那样的地方——叫什么名字来着——我指的是那些土著，这样一来，即使他们想要魔毯，也没有办法拿走。我们可以派几个人出去弄点食物——我指的是诚实地去买食物，而不是从食品室的橱窗里拿出来。"

"我觉得我们最好是去……"安西娅刚要开始说话，简突然紧紧地抓住她的手。

"我不明白为什么自己永远不能做自己想做的事情呢，就因为我年纪最小吗？我希望魔毯停在那座塔顶上，就是那儿!"

魔毯跳动了一下，大家顿觉不安，魔毯接着又在高塔的方顶上盘旋了片刻。随后，魔毯缓慢而谨慎地开始下降。魔毯就像百货商店的电梯一样缓缓下降。

"我认为如果没有征得大家一致同意，就不该轻易许愿。"罗伯特勃然大怒道，"喂! 究竟发生了什么事啊？"

出人意料又让人灰心的是，魔毯的四周耸起了什么，看起来就像是由魔法快速建起的四堵墙一样。一英尺高——两英尺高——三、四、五英尺高。它们遮住了越来越多的光线。

安西娅抬头望向天空，四面墙现在已经升到六英尺高了。

"我们坠到塔里了，"她大声喊道，"这座塔没有顶。因此，魔毯会一直沉到塔底的。"

罗伯特慌里慌张地站起来。

"我们应该——喂！那儿有一个猫头鹰的巢穴。"他俯身跪在一块突出的光滑灰色的大石上，将手伸入一个看起来很深的窗户缝中，探入塔的内部，那里异常狭窄，就像通往外界的一个漏斗。

"快点回来！"大家齐声大叫道，但罗伯特显然不够快。猫头鹰巢穴中并没有蛋，当他把手从里面抽回来时，快速下沉的毯子已经降到他身下八英尺处了。

"快跳啊，你这个笨蛋！"西里尔兄弟情深，又气又急地大声喊道。

情急之下，罗伯特更加慌乱，一时转换不回跃下的姿势。他弯来扭去，努力爬到一块突出的大石头上，正当他准备飞身而下时，塔墙已高出其他人头顶三十英尺，而毯子上的兄弟姐妹们仍在随着毯子飞速下降，罗伯特发现自己此刻孤零零地置身于窗口，那天就连猫头鹰都没在自己的巢穴中。墙壁又非常光滑，没有可以借力攀爬的地方，上不能上，下不能下。罗伯特用手捂住脸，小心翼翼地从让人头晕目眩的石头边缘处向后缩了又缩，直到自己的背部紧紧地嵌在窗户缝的最狭窄的部分。

他现在总算是安全了，但是他所在窗户的外部就像这座高塔另一侧的画框。它漂亮至极，岩石和那些莹莹闪烁的玲珑宝石之间长满了苔藓，但是他与那里却隔着整座塔的宽度，中间空无一物，只有清冷的空气。情势十分严峻。罗伯特一瞬间意识到魔毯会将他们带入困境，就像是沙精慷慨实现他们的心愿时，他们所经历的窘迫境况一样。

至于其他人，想象一下他们的感受吧，魔毯缓慢而平稳地向塔底逐渐下沉，独自留下罗伯特趴附在墙上。罗伯特甚至无法想象他们的感受，他自己的境况已经让人焦头烂额了，你们可以想象得到。

当魔毯停在高塔底部的地面上时，骤然之间就不再像木筏那样坚硬了，又恢复了从卡姆登镇到无顶高塔一路上那种舒适，柔软的毯子轻轻地铺在塔底松散的石头和小土堆上，和普通的地毯并没有什么区别。魔毯好像还突然缩小了，突然从他们的脚下撤走了，他们赶快从毯子边上下来，踏踏实实地站在了坚实的地面上。同时魔毯在不断收缩，直到恢复到正常尺寸，不再是正好和无顶高塔内径相当的尺寸，周围留出了很大一块空地。

他们隔着毯子，彼此相望，然后一个个抬起下巴，一双双眼睛徒劳地四处搜索，想看看可怜的罗伯特究竟在哪儿。当然，他们根本看不到罗伯特。

"我真希望咱们没来过这儿。"简说。

"你总是这样。"西里尔说，"听我说，咱们可不能把罗伯特留在上面。我希望魔毯能够把可怜的罗伯特接下来。"

魔毯像是从睡梦中苏醒，重新振作起来。它快速地变得异常坚硬，在无顶高塔的四面墙之间缓缓升起。下面的孩子们向

后仰着脖子，差点儿要把自己的脖子弄断了。毯子不断地上升，再上升。魔毯在他们头顶悬了片刻，四周都变得黑漆漆的，然后魔毯终于再次缓缓落下，重新落到了塔底坑坑洼洼的地面上，同时，罗伯特也跌跌撞撞地从魔毯上滚到了塔底的坑洼之地上。

"噢，真是太棒了！"罗伯特说，"终于死里逃生了。你们根本没法想象我的感受。唉，我真是受够了。咱们一起许愿赶紧回到家里吧，好好地享用一顿果酱馅饼和羊肉大餐。吃饱喝足了，咱们再出去。"

"对啊！"人人都表示赞同，这次冒险已经让所有人心有余悸了。因此，他们所有人又再次坐上魔毯，然后异口同声道：

"我们希望回到家里。"

可是你瞧，出乎意料的是，他们并没有回到家里。魔毯纹丝不动。凤凰趁着这个机会又呼呼大睡去了。安西娅温柔地将凤凰唤醒。

"听我说。"她说。

"我听着呢。"凤凰睡眼惺忪地回答道。

"我们希望回到家里，可我们还在这里。"简抱怨道。

"确实不是家里，"凤凰看着四周高耸的灰暗高墙说，"我看得很清楚。"

"但是我们希望回到家里啊。"西里尔说。

"这一点毋庸置疑。"凤凰彬彬有礼地说。

"可是魔毯却纹丝不动啊。"罗伯特说。

"确实是一动也不动。"凤凰说。

"可是我以为这是一块魔毯呢!"

"这确实是魔毯。"凤凰说。

"那它为什么……"孩子们齐声问道。

"你们知道的,我确实告诉过你们的,"凤凰说,"只不过你们沉醉于自己的高谈阔论中。"

"你确实告诉过我们什么?"一个怒气冲冲的声音打断了凤凰絮絮叨叨的话。

"哎呀,我说过这魔毯每天只能满足你们三个愿望,你们已经用完了。"

大家一片缄默,相对无言。

"那么我们怎样才能回到家中呢?"最后,西里尔问道。

"我也没有办法,"凤凰和善地回答道,"要不我飞出去给你们弄点小东西进来?"

"你有买这些东西的钱吗?"

"没必要用到钱。鸟儿们可以随意取走所需的东西。这一般不会被视为偷窃,只有喜鹊是例外。"

孩子们很高兴地发现,他们的猜想完全正确,在他们拥有翅膀的那一天里,他们可是享用了别人成熟的美味李子。

"是啊,不管怎么样,让凤凰去帮咱们弄点吃的吧。"罗伯特催促道,"如果它真的那么好心的话,我们可以趁它不在的时

候好好想想。"

话说到这儿，凤凰挥舞自己绚烂的翅膀，穿过高塔这片灰暗的空间，消失在了穹顶之上。直到凤凰的身影完全消失在视野里，简才说："若是它永远不回来怎么办？"

这可不是什么令人开心的想法，因此安西娅立马说："它肯定会回来的，我相信它是一只一言九鼎、坚守诺言的鸟。"在这种想法之下，大家心里更是惴惴不安、满腹疑虑。说来也奇怪，这座无顶高塔竟然没有门，所有的窗户都遥不可及，即使是最爱冒险的攀登者恐怕也爬不上去。此时天气寒冷，安西娅瑟瑟发抖。

"确实是这样，"西里尔说，"我们就像是井底之蛙。"

孩子们满腹心事、愁容满面，同时饥寒交迫，他们满怀期待地望着无顶高塔灰暗的四壁，想看看凤凰是不是回来了，长时间的等待让他们稚嫩的脖子不由得有些僵硬了。

最终，凤凰回来了。凤凰从墙壁间挥舞翅膀飞下来时，看起来硕大无比。等到凤凰逐渐靠近孩子们时，他们才看清，它之所以看起来很大是因为它带回来一篮煮熟的栗子，凤凰用一只爪子牢牢地抓着篮子，另一只爪子则抓着一块面包，鸟嘴里则衔着一个很大的梨。这个梨味美汁多，鲜美无比，就像小杯饮料一样可口。大家饱餐一顿后，心里感觉好多了，于是聚在一起叽叽喳喳地讨论起怎么回家的问题，气氛一片祥和，并无任何不愉快之处。但是没有人能想出办法来逃出困境，甚至连离开这座高塔都束手无策。对于凤凰来说，虽然它的鸟嘴和爪子足够强壮，可以为他们带来食物，但是显而易见，它根本无法带四个生长发育良好的孩子飞到空中去。

"我觉得，我们肯定得待在这里了，"罗伯特最后说道，"我们不时大声呼喊求救，这样可能会有人听到咱们的求救声，扔一根绳子或者放一架梯子下来，好像在矿井里一样把咱们救出去，然后他们再举行一个募捐，把咱们像那些流浪的人一样送回家中。"

"对，但是我们肯定没办法在妈妈回家前赶回去了，这样的话，爸爸肯定会拿走魔毯，然后说些魔毯危险之类的话。"西里尔说。

"真希望咱们没来这儿。"简说。

除了安西娅外，其他人异口同声地说："闭嘴！"她突然唤醒了凤凰，然后说：

"听我说，我相信你肯定能帮助我们。噢，我真的希望你能帮助我们！"

"我会在自己能力范围内，竭尽全力地帮助你们。"凤凰立马信誓旦旦地说，"你们现在想要什么呢？"

"哎呀，我们就是想回家。"孩子们纷纷表示。

"哦，"凤凰说，"啊，嗯！对了，你们刚才说的什么，要回家？什么意思？"

"就是我们住的地方——昨晚我们睡觉的地方——你孵蛋的

圣坛所在的地方。"

"哦，是那儿啊！"凤凰说，"好的，我会尽力而为的。"它轻轻扇动翅膀飞回魔毯，来回地踱着步子，很长一段时间都陷入深深的沉思之中。然后，它终于傲然地挺直了炫目的身躯。

"我能帮你们，"它斩钉截铁地说，"我肯定能帮你们。除非我上当受骗，否则我肯定能帮你们。你们不介意我离开你们一两个小时吧？"还没有等到孩子们的回答，凤凰纵身穿过混沌灰暗的高塔，一飞冲天，消失在头顶的光亮处。

"现在，"西里尔坚定地说，"凤凰刚刚说要一两个小时，但是我曾在书里看到过一些俘虏和关在地牢、困在地下墓穴中的人的故事，还有他们焦急等待被释放的故事，我很清楚，那时候度过的每一分每一秒都是抓心挠肺的煎熬。这些人常常做些事情，来度过这令人绝望的时刻。我们尝试养蜘蛛，可这行不通，我们根本就没有时间。"

"我真希望没有这个时间。"简迟疑道，"但是我们得把自己的名字刻在石头上或者什么东西上。"

"我说，说到石头，"罗伯特说，"你们快看角落里靠墙的那堆石头。我很确定那里有一个洞——我认为那是一道门。你们看那些石头围成一圈，就像墙上的拱门，这里就是洞——里面完全是一片黑暗。"

他一边说着，一边走向那堆石头，并果断地爬了上去——把石堆顶部的石头掀开，露出了一小块空间，也是一样的黑暗一片。

紧接着，每个人都过来帮忙移开石堆。大家都不遗余力地努力着，个个大汗淋漓，纷纷脱下了自己的外套，这可真是一件力气活儿。

"这儿有一道门，"西里尔一边擦着自己脸上的汗珠，一边说，"这可不是什么坏事，如果……"

他本来是想说"如果凤凰出了什么事的话"，但是他不愿意再吓唬早已惶惶不安的简。在他有时间考虑这些事情的时候，他其实并不是那种不知道体谅人的鲁莽男孩。

墙上的拱形洞变得越来越大。那里面非常黑暗，与塔底那种微弱的光线相比，显得更加黑暗，因为孩子们一直在搬开石头，洞口变得越来越大，这些石头被扔在旁边又堆成了一堆。这些石头肯定是在那里放了很长时间了，上面长满了青苔。有些石头因为这些青苔而固定在一起。因此，这项工作就如罗伯特所说，艰苦异常，是一件不折不扣的体力活。

当洞口到达拱门顶部和地面之间一半的位置时，罗伯特和西里尔小心翼翼地钻进洞里，点燃了火柴。他们此时是如此感激自己的父亲，他是那么明智，并没有像其他孩子的父亲那样，禁止自己的孩子携带火柴。罗伯特和西里尔的父亲只是坚持孩子们只能带那种在火柴盒上才能划着的安全火柴。

"这不是一道门，这可能是一个隧道。"罗伯特向女孩们嚷道，火柴剧烈燃烧着，闪烁几下，熄灭了，"离远一点儿——我们要推更多石头下去了！"

他们兴奋不已，接着又推了些石头下来。现在，洞口的石堆基本已经全部移开了——女孩们眼前所见是一条黑暗的拱道，通往未知之地。无法回家引起的所有疑虑和恐惧在这一激动人心的时刻烟消云散了，这些都被孩子们抛到了九霄云外。这里就像是大仲马小说里那个基督山一样……

"我说，"安西娅突然大喊道，"快出来！密封的地方常常封存着很多不良气体。气体会让火把熄灭，接着就会要了人的命。这种气体就是沼气，我很确信这一点。我跟你们说，快点

出来。"

安西娅急切的声音确实让孩子们大吃一惊，他们赶紧出来了——然后每个人都拿起自己的外套，用来向黑暗的拱门扇风，想尽办法让新鲜的空气进去。直到安西娅觉得里面的空气肯定已经新鲜了，西里尔才带领大家进入拱门。

女孩们跟在后面，罗伯特则走在最后，因为简不肯走在队伍的最后，唯恐有"什么东西"会跟在她后面进来，从后面把她抓走。西里尔小心翼翼地向前摸索着前行，点燃了一根又一根的火柴，眼睛一眨不眨地凝视着前方。

"里面是拱顶，"他说，"到处都是石头——太好了，安西娅，不要一直使劲拉着我的外套！空气质量不错，因为火柴一直燃着呢，小傻瓜，而且你们看那儿——快看——那儿有一些向下的台阶。"

"哦，不要再朝前走了，"简极度失望，心不甘情不愿地说（顺便说一下，走到这里来是件非常痛苦的事情），"这儿肯定有蛇，或者有狮子的巢穴，或者其他的东西。咱们还是回去吧，以后找个时间再来，带上蜡烛，还有抵御沼气的风箱。"

"这样的话，让我到你们前面去，"罗伯特从后面严厉地说道，"这里明显就是埋藏宝藏的地方，不管怎么样，我都要接着走下去，如果你们愿意的话，可以留在后面。"

当然，简他们只好同意接着朝前走。

孩子们小心翼翼地走下台阶——共有十七个台阶——台阶

下面出现了更多通道，分别通往四个方向，右手边有一个低矮的拱门，这让西里尔不禁暗自忖度这里面究竟是什么，因为拱门实在是太矮了，根本没有办法进入另一个通道。

因此，他点燃一根火柴，屈膝蹲下，使劲地弯着腰向里面探看。

"这儿有东西，"他一边嚷嚷着，一边伸手去摸。他摸到一个东西，跟以前摸到过的其他东西都不一样，感觉很像潮湿的子弹包。

"我觉得这里有一笔地下宝藏。"他大喊道。

确实如此，正在这时，安西娅大喊道："哦，快点，西里尔——快拉出来！"西里尔拖出一个腐烂的帆布袋——就像你花六便士，蔬菜水果商给你用来装巴塞罗那榛子的纸袋一样。

"这里还有很多，许许多多的袋子。"他说道。

当他提着腐败的袋子朝外走时，金币接二连三地掉了下来，滚动、旋转、跳跃，叮叮当当地哗啦啦落了一地。

孩子们，若你们突然发现一笔埋藏的宝藏，你们会说些什么呢？西里尔说的却是："天哪，讨厌——我烧到自己的手指了！"他嚷嚷着，火柴随之掉在了地上。"这可是最后一根火柴！"他补充道。

此刻，拱门里充斥着一片绝望的寂静。随后，简首先哭了起来。

"不要哭，"安西娅安慰道，"简，别哭哭啼啼的——你要是哭的话，会消耗这里的空气的。我们肯定可以出去的。"

"我们是可以出去，"简抽抽搭搭地说，"然后发现凤凰已经飞回来，又飞走了——这都是因为它认为我们已经通过其他方式回家了，而且——我真希望咱们没来这儿啊。"

每个人都安静地站在那儿——只有安西娅把简拥在怀里，

尽力在黑暗中擦去她脸上的泪水。

"不……不要，"简抽泣道，"那是我的耳朵——我可不是用耳朵哭泣的。"

"快过来，咱们出去吧。"罗伯特说道，但事情并不是这么简单，因为没有人准确记得他们是从哪条路来的。在黑暗之中，事情很难记得分明，除非你有火柴，但如果你没有火柴可用的话，事情就会变得截然不同。

大家都开始同意简一直以来的心愿——心里的绝望逐渐蔓延，使得这里的黑暗显得前所未有的压抑。突然之间，地板好像在翻转——每个人都强烈感受到在旋转提升。所有人都吓得闭上了眼睛——人的眼睛在黑暗中一直都是闭着的，你们觉得呢？当旋转的感觉停止后，西里尔大喊道："地震！"所有人都睁开了眼睛。

他们坐在自家昏暗的餐厅中，在经过那黑暗阴森的隧道后，这里是多么晶莹、多么明亮、多么安全、多么愉悦啊，一切都让人愉快！魔毯静静地铺在地板上，看上去如此波澜不惊，就像它从未进行过这次远行一样。凤凰则站在壁炉架上，满脸谦逊之色，准备心安理得地接受孩子们的诚挚感谢。

"凤凰你是怎么把我们弄回来的?"孩子们一而再，再而三地谢过凤凰之后，开始反复地追问凤凰。

"哦，我只是去你们的好朋友沙精那里许了个愿。"

"可是，你怎么知道到哪里去找它呢?"

"我从魔毯那里得知的，这些许愿生灵们通常都了解彼此的情况——它们都是一路的，就像是那些苏格兰人一样，你知道的——他们都是有联系的。"

"可是魔毯不会讲话吧，它会讲话吗？"

"不会。"

"那怎么……"

"我是怎么知道沙精在哪里的？我告诉过你们了，是魔毯告诉我的。"

"那魔毯说话了吗？"

"没有，"凤凰沉思片刻说，"魔毯不会说话，我从它的行为中了解到我所需要的信息。我是一只非常善于察言观色的鸟儿。"

直到吃完冷羊肉和果酱馅饼，还有可口的茶点和黄油面包，孩子们都没有时间去后悔那些金银财宝，它们就那样散落在地面上，留在了地下通道里。确实，自从西里尔被最后一根火柴的火焰灼伤了手指之后，就再也没有人想起这些。

"我们可真是傻瓜！"罗伯特说道，"我们一直都想要财宝，可是现在却……"

"没关系，"安西娅安慰大家，她像平时一样尽量朝着好的方面想，"我们可以再回去，然后把那些金银财宝都拿回来，那样就能给每个人都准备一份礼物了。"

这群孩子叽叽喳喳地热烈讨论着，一刻钟很快就过去了，他们安排着给每个人送什么礼物，满足了这些慷慨的要求后，他们又花了一刻钟时间讨论给自己买些什么礼物。

西里尔忍不住打断了罗伯特对摩托车头头是道的技术性分析，他还打算驾车上下学。

"大家听着！"他说，"快住口，这毫无用处。我们再也没办法回去了。我们根本不知道那个地方在哪儿。"

"凤凰你也不知道吗？"简满怀期待地询问凤凰。

"一无所知。"凤凰友好而惋惜地回答道。

"那么，我们就失去这笔财宝了。"西里尔说。他们确实得不到了。

"但是，我们拥有了魔毯与凤凰啊。"安西娅说。

"抱歉，"凤凰一副尊严受到伤害的样子，无奈地说道，"我实在不愿意打断你们，但你们指的是凤凰与魔毯吧？"

第三章　女王厨娘

　　孩子们坐着魔毯进行首次辉煌征程的那天是星期六。除非你们太小了，不然你们肯定知道第二天就是星期天。

　　卡姆登镇卡姆登街18号的星期天总是十分美好。星期天的时候，爸爸通常会带些美丽的花儿回到家里，因此餐桌在这些花的点缀下会格外美丽。11月份的时候，爸爸带回来的花当然是菊花，有黄色的、古铜色的，格外漂亮。早餐的烤面包上常常还会搭配上香肠，吃了六天从肯特镇路买回的一先令十四个的鸡蛋后，吃这些可太让人欣喜若狂了。

　　在这个尤为特别的星期天里，午餐还特别准备了鸡肉，这通常是生日和重要时刻才会享用的美食，除此之外还有天使布丁、美味的米饭、牛奶、鲜美的橘子和糖霜等，总之能让孩子们美美享受一番。

　　午餐过后，爸爸觉得非常困倦，因为他一周都在辛勤工作，但他并没有理会让他去休息的话，而是不停地照看拉姆，那可怜的孩子患上了可怕的咳嗽，厨娘言之凿凿地说，这就是百日咳。爸爸说："跟我来吧，我的孩子们，我从图书馆借了一本非常棒的书，叫作《黄金时代》，让我来读给你们听吧。"

妈妈在客厅的沙发里安安稳稳地坐下，表示自己只想闭着眼睛静静聆听。拉姆舒舒服服地依偎在爸爸手臂组成的"扶手椅"里，其他的孩子则欢欢喜喜地坐在炉台边的毯子上。最初的时候，当然会觉得这样太过拥挤了，很多脚、膝盖、肩膀和肘挤来挤去，你争我抢，但真的坐下去，适应一段时间之后，一切就变得非常舒适宜人了。这时候，孩子们早就把凤凰与魔毯抛到九霄云外了（美好的事物可以稍后再拿出来玩耍），但是突然之间，客厅门上传来一阵密集并且粗暴的敲门声。门外进来一个怒气冲冲的身影，厨娘的声音响起："太太，请您出来一下，我有些话想和您说。"

妈妈用没有办法的表情看了看爸爸，随后穿上自己漂亮、炫目的假日穿的鞋，从沙发上站起身，深深叹了一口气。

"大海必有好鱼。"爸爸鼓励道。不久之后，孩子们就明白了爸爸是什么意思。

妈妈走到走廊里去了，这里称之为"门厅"，伞架就放在这里，还挂了一张《幽谷之王》的画，外面镶着流光溢彩的黄色画框，由于屋中的潮气，君王身上有一些棕色的斑点。此时，厨娘就站在那里，脸上红扑扑、湿漉漉的，穿着一件干净的围裙，而把那条在给大家喜爱的鸡肉装盘时弄脏的围裙遮在里面。她就站在那儿，脸好像变得更加红润。她局促不安地用手指轻轻绞着围裙的一角，言简意赅，但是很凶地说：

"尊敬的太太，如果您同意的话，我希望干满一个月后就离开这里。"妈妈斜靠在衣帽架上。通过门缝，孩子们能看到妈妈灰白的脸色，因为妈妈确实对厨娘非常友善了，就在前一天还给她放了假，如果厨娘就这样拍拍屁股走人的话，似乎也太不近人情了，尤其是在周末的时候。

"为什么要走啊，发生了什么事?"妈妈问道。

"是因为那几个孩子。"厨娘回答说。不知为何，孩子们好像从一开始就感觉到是怎么回事。他们想不起自己做过什么不可原谅的错事，但要让一名厨娘绝望，那是再简单不过了。

"都是那几个孩子，事情是这样的：他们在房间里放了一张新的地毯，两侧都沾满了厚厚的脏泥，太恐怖了，天知道是在哪儿沾上的。这些污泥都要在星期天打扫干净！这可不是我待的地方，我不想做这些，我也不想欺瞒您，尊敬的夫人，要不是因为他们几个顽皮的孩子，您家对我来说算是个不错的地方了，唉，我也不会想着要离开的，但是……"

"真是不好意思，"妈妈温柔地说，"我会和这群孩子谈一谈。你也最好再想想，如果你确实想要离开的话，明天告诉我吧。"

第二天，妈妈跟厨娘心平气和地谈了一会儿，厨娘表示自己愿意再留一段时间，看看情况再说。

同时，爸爸妈妈彻彻底底地调查了沾满泥土的毯子的事。简坦白解释说，那些污泥来自外面一座高塔的底部，那里埋藏着无数的珍宝，但是爸爸妈妈却全然不信。见此情况，其他孩子也就放弃了解释，一味表现悲痛懊悔，一再表示"绝不再犯"的决心。但是爸爸说（妈妈也完全支持爸爸，因为妈妈必须支持爸爸，这并非是她自己的看法）把毯子弄上厚厚一层污泥的孩子，在要求他们说明原因时，他们却只会胡乱地搪塞（这指的是简说的实话），这样的话，他们根本就不配拥有毯子，简单来说，就是一个星期不许用这块毯子！

毯子被刷洗一新，这是唯一能让安西娅略感欣慰的事情了。洗净之后，毯子被叠起来放在了楼梯顶上的橱柜里，爸爸还特地把钥匙放在自己的裤子口袋里。"星期六才能给你们。"他说。

"没关系，"安西娅说，"我们还有凤凰。"

但是，事不凑巧，凤凰并不在这里。凤凰不知道到哪儿去了，遍寻不见，一切在突然之间都不一样了，从绮丽绚烂、美好狂野的魔幻事件，回归到了卡姆登镇再平凡不过的11月生活，到处都显得平凡、潮湿、灰暗、阴郁——儿童室中间露出了光秃秃的地板，周围则是褐色的油布，裸露和发黄的地板，让那些跟往常一样在晚上偷偷爬出来想和孩子们交朋友的可怜蟑螂们显得格外显眼，恐怖不堪。

星期天一整天都是如此昏暗困顿，事事烦心，即使晚饭用蓝色的德累斯顿碗饱餐一顿，仍旧于事无补。第二天，拉姆的咳嗽更加恶化，他的情况看上去确实非常严重，医生也乘坐着敞篷四轮马车匆匆赶了过来。

魔毯被牢牢锁在了柜子里，而凤凰也销声匿迹，不见踪影，人人都承受着由此产生的沉重压力。孩子们花费了很多很多时间来寻找凤凰。

"凤凰是言出必行的鸟儿，"安西娅说，"我相信它不会弃我们而去的。但是你们知道的，从罗彻斯特市附近到这儿飞个来回的话，那可真是一段很长的距离呢。只希望这可怜的鸟儿在外面感到疲倦时，会想着早点回到自己的巢穴中。我们一定得信任它。"

其他孩子也尽力尝试相信她的推断，但是这谈何容易。

当然，你肯定不能指望任何一个孩子能对厨娘和颜悦色，就是由于她对那些毯子上沾染的外面的污泥大惊小怪，才导致魔毯彻底被拿走了。

"她应该告诉我们，"简说，"那样的话，豹仔①和我就会用茶叶把毯子清洗干净的。"

"她是一个脾气古怪、大惊小怪的人。"罗伯特说道。

"我不会说出我的看法的，"安西娅一板一眼地说，"因为说出来的话可能是恶言中伤、欺骗和诽谤。"

---

❶ 这里指安西娅，在《五个孩子和一个怪物》中有提及她的外号叫"豹仔"。

"要是说她是一头令人讨厌的猪，野蛮的蓝鼻子博兹沃兹的话，那不算是说谎吧。"西里尔说。他曾读过《光的眼睛》(*The Eyes of Light*) 这本小说，整天想着像托尼一样说话，还刚刚教会罗伯特像保罗一样说话。

所有孩子，包括温柔的安西娅，一致认为即使厨娘不是蓝鼻子博兹沃兹，也希望她从未来到这个世界上。

但是，我恳求你们相信，在接下来一周中，孩子们并非刻意做那些事情来惹恼厨娘，因此，我得说，如果厨娘是好相处的人的话，恐怕所有的事情根本就不会发生。

这成了未解之谜，如果你们可以说清楚，不妨加以解释。那一周陆陆续续发生了很多事情：

星期天——发现魔毯两侧都沾满了外面带来的泥土。

星期一——将甘草和八角球混合在一起，在一个炖锅中煮。安西娅负责做这件事，她认为这可能会对拉姆的咳嗽有好处。整件事情的经过记不清了，但是炖锅的锅底确实给烧坏了。这个小炖锅镶着白边，是用来为宝宝热牛奶的。

星期二——食品储藏室中发现了一只死老鼠。煎鱼锅铲被拿去挖坑掩埋它，结果发生了意外情况，煎鱼锅铲十分遗憾地折断了。孩子们辩解称："厨娘不该让死老鼠留在食品储藏室里。"

星期三——切好的板油放在餐桌上。罗伯特又在上面加了一块切好的肥皂，但他表示，自己认为板油也是肥皂。

星期四——在厨房窗户周围玩捉强盗游戏时，不小心撞到了窗户上，把窗玻璃打碎了。

星期五——把厨房水槽的栅格用油灰堵住，装满水后，把它当作一个小湖，在里面划小船。但他们忘记关掉水龙头就跑了，任由水哗哗地流走。厨房壁炉前的地毯和厨娘的鞋子都被泡坏了，一切弄得一塌糊涂。

到了星期六，魔毯又回到原位。在这一周时间里，孩子们有很多时间可以决定魔毯回来以后，他们应该去哪儿。

妈妈出发去祖母家，但是没有带着拉姆一起去，因为这个小家伙仍然咳嗽得很厉害，厨娘再三地说，拉姆这是百日咳。

"但是，我们得带他出去，这个招人喜爱的心肝宝贝。"安西娅说，"我们要带他到没有百日咳的地方去。别傻了，罗伯特。如果拉姆确实说起这件事，也没有人会注意的。他经常说起那些自己没见过的事情。"

于是，他们帮拉姆穿上衣服，自己也梳洗打扮一番，穿上出门的衣服。可怜的拉姆一会儿咯咯地笑，一会儿又咳嗽不停，一会儿笑几声，又开始咳嗽。男孩子们把魔毯上的桌椅全部移开，简小心地看护照顾着拉姆，安西娅则在房子里穿梭奔走，最后一次试图寻找失踪已久的凤凰。

"等着它毫无用途，"她气喘吁吁地回到餐厅，上气不接下气地说，"但我知道它不会抛弃咱们的。凤凰是言出必行的鸟儿。"

"确实如此。"凤凰温柔的声音从桌子下面传出。

孩子们个个都趴在地上，抬头向上看，凤凰正栖息在横跨桌底的一根木条上。在以前那些欢声笑语的日子里，那里曾经是用来支撑抽屉的，结果这抽屉被当小船用了，而且非常不幸地被罗伯特所穿的那种雷吉特牌耐穿靴子给踩坏了。

"我一直都在这儿。"凤凰在自己的爪子轻掩下，礼貌地打着哈欠说，"如果你们想找我的话，就得背诵祈祷颂，它可是有七千多句呢，采用极为纯正且优美的希腊文写成。"

"你可以用英语给我们讲讲这东西吗？"安西娅问道。

"它确实很长啊，难道不是吗？"简一边说，一边让拉姆在自己膝盖上跳来跳去。

"你不能译成一个简短的英语版本吗，就像诗人塔特和布雷迪这样的？"

"哦，出来吧，走吧，"罗伯特伸出自己的手，"出来吧，古老而善良的凤凰。"

"古老而善良的美丽凤凰。"凤凰略显羞涩地纠正道。

"好吧，古老而善良的美丽凤凰。出来吧，跟我们来。"罗伯特仍旧伸着手，有些不耐烦地说。

凤凰立马挥舞着翅膀落在了他的手腕上。

"这位可亲可敬的年轻人，"凤凰对其他人说，"真是不可思议，他将七千多句希腊文祈祷颂的含义凝聚在一首英语诗歌中，虽然有些词错位了，但是……"

"哦，出来吧，出来吧，古老而善良的美丽凤凰！"罗伯特高兴地再说一遍。

"我承认，可能还不够完美，但是对于他这个年纪的孩子来说，实属不易。"

"好吧。"罗伯特用自己的手腕托着金灿灿的凤凰，重新走回到魔毯上说。

"你看起来像是国王的饲鹰人。"简坐在魔毯上，把拉姆抱在膝头说道。

罗伯特尽量保持着那副神气的样子。西里尔和安西娅站到魔毯上。

"我们必须在晚餐前回到这儿来，"西里尔说，"否则的话，厨娘会泄露秘密的。"

"自从上个星期天以来，她还没有过什么鬼鬼祟祟的告状行动。"安西娅说。

"她……"罗伯特刚要说话，门猛然间被推开了，厨娘狂怒地冲了进来，就像是一股气势汹汹的旋风一样，站在魔毯的一角上，一只手拿着一个坏掉的盆子，另一只手则紧握着拳头，充满着怒气。

"看看！"她大声嚷嚷道，"这是我唯一可用的盆了，你妈妈还吩咐我给你们做牛排腰果布丁当晚餐，但我用什么给你们做啊？你们根本不配吃晚饭，不配。"

"厨娘，我真的非常抱歉，"安西娅温柔地说，"这都是我的

错，我忘记跟你说这件事了。这盆子是用熔解的铅算命时坏掉的，我本来是打算告诉你的。"

"打算告诉我？"厨娘回答道，她的脸涨得通红，满面怒容，我确实一点儿都不感到惊讶，"打算告诉我？那么，我也打算告诉你们，整整一周以来，我一直保持沉默，因为太太劝慰我说'我们不能指望这些年轻人有成熟的思维'，但是现在，我再也不想保持沉默了。你们在我的布丁里放了肥皂，我和伊莱扎可没有吐露只言片语给你们的妈妈，尽管我们完全可以这么做，还有炖锅、煎鱼锅铲，还有……我的天哪！你们给小宝宝穿戴整齐，一身出门的装扮，是要干什么去？"

"我们没打算要带他出去，"安西娅说道，"至少……"她停了一下，虽然他们没打算要把他带到外面的肯特镇路上去，但确实打算把他带到其他地方去。但又不是厨娘说"出门"时所指的地方。这一点儿差别难住了向来实话实说的安西娅。

"到外面去！"厨娘大声道，"你们不照顾就让我来照顾。"她从简的膝头把拉姆一把抢过来，同时安西娅和罗伯特使劲抓住她的裙子和围裙。"喂，听我说，"西里尔不顾一切地坚定说道，"你就不能出去，然后用馅饼碟，或者花盆，或者热水罐，或者其他什么东西来做你的布丁吗？"

"不行，"厨娘斩钉截铁地回答道，"把这个可爱的小宝贝留给你们，非把他冻死不可。"

"我警告你，"西里尔郑重其事道，"小心点，现在还为时未晚。"

"只有你这个小家伙才会晚呢。"厨娘又是无奈又是生气地说，"你们不能把拉姆带出去，我也不会让你们这么做的。还有——你们从哪儿弄来这只黄毛的鸟儿的?"她指向凤凰。

就连安西娅也知道，除非厨娘让步，否则他们就没法子了。

"我希望，"她突然说道，"我们在阳光明媚的南海岸，一个不可能患上百日咳的地方。"

在拉姆可怕的哀号声，以及厨娘严苛的责骂声中，安西娅这样说道，接着，很快所有人都体验到了旋转、升降、跌宕起伏的感觉，厨娘惊恐地平坐在魔毯上，紧紧地抱着放声尖叫的拉姆，死死地将他贴在自己穿着印花衣物的肥胖身体上，大声尖叫着求圣布里奇特保佑——她是一位爱尔兰人。

等到这种上下颠倒的感觉停止后，厨娘睁开眼睛，放声尖叫，然后又赶紧闭上了眼睛，安西娅趁机将不顾一切放声大哭的拉姆抢到了自己怀中。

"好了，没事了，"她说，"你的豹仔姐姐来保护你了。快看那边的树和沙子，还有贝壳，还有那些大海龟。哦，天哪，好热啊!"

这里当然很热了，魔毯是值得信赖的，将他们放在了一个南方海滨，那里阳光明媚，像罗伯特说的那样。绿油油的斜坡通往一片美丽的小树林，那里棕榈葱葱郁郁，到处是各式各样的热带鲜花和水果，就如你在《西行记》和《公平竞争》中读

到的一模一样，浓郁芬芳、茂盛宜人。郁郁葱葱的斜坡和湛蓝湛蓝的大海之间是一片绵延的沙滩，看起来就像是点缀着闪闪发光的金色珠宝的毯子，这里的沙滩不像我们北方的沙滩那样灰白，而是金黄色的，有着不同的颜色变化，像阳光和彩虹一样绚丽多姿。当狂野、旋转，让人头晕目眩、七颠八倒的魔毯飞行停止时，孩子们高兴地看到三只巨大的海龟，活生生地从他们面前经过，蹒跚着爬向大海边缘，消失在了海水之中。这里比你想象的更加炎热，和烘烤面包时的烤炉不相上下。

大家没有片刻犹疑，纷纷脱下了自己在伦敦 11 月份穿着的那些沉重的户外装束，安西娅脱去拉姆的蓝色海盗装和他的三角帽，然后又给他脱去运动衫，随后，拉姆自己突然从他那小巧的蓝色紧身马裤中滑了出去，穿着白色的小衬衣，十分兴奋地站在地上手舞足蹈。

"我觉得这可比夏季的海边热多了，"安西娅说，"那时候，妈妈总是允许我们光着脚丫的。"

因此，拉姆的鞋子和袜子，还有绑腿都被脱掉了，他站在那儿，用自己赤裸的粉色小脚趾使劲地去钻光滑的金色细沙。

"我是一只小白鸭，"他念叨着，"水里游泳的小白鸭。"一边咯咯笑着跌坐进沙中的一个小潭里去。

"别管他了，"安西娅说，"反正也伤不到他。哎呀，天气真热啊！"

厨娘突然睁开了自己的眼睛，然后放声尖叫一声，又闭上眼睛，然后又是一声尖叫，最后终于再次睁开眼睛，说：

"哎呀，我的天哪，究竟发生了什么？我希望这不过是个梦。这是我做过的最好的梦。我明天一定得查一查解梦的书。美丽的海边，葱郁的树木，还可以坐在毯子上面。我从来没有尝试过！"

"听我说，"西里尔说，"这可不是梦，这都是真的。"

"哦，是啊！"厨娘说，"人们在梦里常常都这么说。"

"我告诉你吧，这一切都是真的，"罗伯特一边跺脚一边说，"我们不会告诉你这是怎么做到的，这是我们的秘密。"他依次向其他几个人眨了眨眼睛。"你不肯离开去做布丁，我们没办法，只好带上你了，希望你喜欢。"

"我那样做也没什么不对，"厨娘出乎意料地说，"这就是一个梦，所以我说什么都不打紧了。如果是这样的话，这可能是我最后的遗言了，那我会说，你们这些讨厌的小淘气鬼们……"

"冷静一点儿，善良的女士。"凤凰说。

"善良的女士，确实如此，"厨娘说，"你自己才是善良的女士！"随后，她很快发现是谁在说话。她说道："这一切就像是一场梦！一只会说话的黄灿灿的鸟儿，还有眼前的一切！我曾听说过这种情况，但是从没想过有一天会实现。"

"好吧，既然这样，"西里尔烦躁不堪地说，"那你就坐在这儿，好好享受这一天吧。这可是美妙的一天哦。你们其他人都到这儿来——开会！"他们沿着岸边走啊走，一直走到厨娘听不

到的地方，厨娘还呆呆地坐在那里，脸上带着茫然的微笑，兴奋又梦幻地打量着这一切。

"听我说，"西里尔说，"我们必须把魔毯卷起来，然后把它藏好，这样我们就能随时拿到了。拉姆的百日咳一个上午应该就能好了，我们可以去四处看看。如果这座岛上的野蛮人是食人族的话，我们就把厨娘带回去。如果不是食人族的话，我们就把她留在这儿。"

"这样做的话，按照牧师所说，算得上善待仆人和动物吗?"简问道。

"她可不是什么善茬。"西里尔反驳道。

"好吧，不管怎么样，"安西娅说，"最安全的方式莫过于把毯子留在那儿，让她坐上去。这对她也许是个教训，但是不管怎么样，如果她认为这是一个梦的话，她回家之后，一切都没什么关系了。"

于是大家脱下来的外套、帽子和围巾都堆在了魔毯上。西里尔扛着身体健康且兴奋不已的小拉姆，凤凰则落在罗伯特的手腕上，这群探险者已经准备好要深入腹地了。

覆盖着植被的斜坡非常平滑，但是树下却有纠缠杂乱的藤蔓，还有格外靓丽、奇形怪状的花朵，所以很不好走。

"我们应该弄把探险者用的斧子，"罗伯特说，"我想让爸爸在圣诞节的时候送我一把。"

大片的藤蔓结成一道帘子，从树上垂下来，花朵散发出浓郁的香气，各种美丽的鸟儿直冲而下，擦着他们的脸飞过。

"现在，你们诚实地告诉我，"凤凰问道，"这里有没有比我更美丽的鸟儿啊？不要害怕伤我的心，我希望自己是最谦逊的鸟儿。"

"没有一只鸟儿能及得上你的一星半点！"罗伯特斩钉截铁地回答道。

"我可从来不是爱慕虚荣的鸟儿。"凤凰说，"但我承认，你让我确认了对自己的一贯印象。我要飞一会儿。"这只美丽的鸟儿一飞冲天，盘旋片刻，然后又回到了罗伯特的手腕上，接着说："左边有一条路。"

那里果然有一条路。现在，孩子们可以更快、更舒适地穿过森林了，女孩们随手采摘路边的花，拉姆则邀请"美丽的小鸟儿们"来看一看，他自己是一只"货真价实的白色小鸭子"！

小拉姆到了这里后，已经很长时间没咳过一声了。

这条路蜿蜒曲折，引导着他们穿过一丛丛花。拐过一个角落时，孩子们突然发现自己在一片丛林空地上，这里耸立着很多尖顶茅屋，他们立即就回过神来，这些茅屋是属于野人的。

即使是最勇敢的人，此刻也忍不住心跳加速，因为这些野人很可能是食人族。而从这儿返回魔毯那边可是一段不短的路程呢。

"我们是不是最好赶紧回去啊，"简用颤抖的声音说，"现在就赶紧走吧，否则他们会吃掉我们的。"

"不要胡说，简。"西里尔坚定地说，"你们看，那里拴着一只山羊。这说明他们不吃人。"

"咱们接着走吧，就说自己是传教士好了。"罗伯特建议道。

"我可不建议你们这么做。"凤凰诚恳地说。

"为什么？"

"首先，这不是真的。"这只金灿灿的鸟儿回答道。

就在他们站在空地的边缘处举棋不定时，一个高个子男人突然从一间茅屋中走了出来。他身上几乎没穿什么衣服，整个身体呈现出健美的深古铜色，就像是爸爸周六带回家的那些菊花的颜色。他的手中拿着一支矛。他的白眼球和白牙齿恐怕是身上唯一明亮发光的地方了，当然，太阳照耀在他油亮的古铜色身体上时，也会闪耀着光芒。如果你仔细观察野人的话，你几乎什么都看不到，但若是此时阳光闪耀的话，你也许立马就看到了。

野人直直地盯着孩子们，想要藏起来几乎不可能。他叽里咕噜发出大声的呼喊，听起来像是"咕叽咕叽"，孩子们从来没听到过这种语言。紧接着，每间茅屋里都走出了一些古铜色皮肤的人，像蚂蚁一样挤在空地上。这时候根本没有时间讨论了，孩子们也完全想不起要讨论什么、怎么讨论了。不管这些古铜色皮肤的野人是不是食人族对他们来说都无关紧要了。

四个孩子毫不犹豫地立马转身就沿着森林小路往回跑，只有安西娅停了一停。她朝后站了站，让西里尔先过去，因为他身上还背着兴奋得尖叫个不停的拉姆。（自从魔毯把拉姆带到这个小岛上以来，他还没有咳嗽过一声呢。）

"向右，西里尔，快向右，快向右！"他大声喊着，西里尔马上加快了脚步。这条路比他们来时那条覆满藤蔓的路要近很多，很快，他们透过葱郁的森林，看到了金光闪闪的沙滩和湛蓝湛蓝的大海。

"坚持就是胜利。"西里尔气喘吁吁地说。

他们确实一直坚持不懈，他们朝着沙滩猛冲过去，一路上，他们都能听到身后匆匆的脚步声，他们非常清楚，就是那些古铜色皮肤的野人在追他们。

沙滩金灿灿，但光秃秃的。这里有一片片的热带海草，还有你在肯特镇路上至少得花上十五便士才能买上一对的各式各样的热带贝类。笨重的海龟在海水边缘处慢悠悠地晒着太阳，但是却始终没看到厨娘和衣物，更别提魔毯了。

"接着跑，接着跑！跑到海里去！"西里尔气喘吁吁地说，"他们肯定不喜欢水。我以前……听说过……野人们通常……都很脏的。"

他气喘吁吁的话音未落，孩子们的脚已经踩上了温暖的浅滩。波浪不大，走过去尚且不难。在热带地区为了求生而奋力奔跑可是一项火热的运动，海水的清凉就显得格外宜人。现在海水已经到达他们的腋窝深处了，甚至已经到了简的下巴处。

"快看！"凤凰说，"他们在对着什么指指点点？"

孩子们转过身来，看到在不远的西方出现了一个脑袋，这个脑袋是他们熟悉的，上面戴着一顶歪歪扭扭的帽子。那是厨娘的脑袋。

不知出于什么原因，这些野人在大海岸边停住了脚步，扯着嗓子叽叽喳喳地讨论着，所有的人都伸出自己古铜色的手指，兴致高昂地对着厨娘的头不停地指指点点。

孩子们在水中，竭尽所能地努力向厨娘跑去。

"你跑到这里来到底想干什么？"罗伯特大声喊道，"还有，魔毯去哪儿了？"

"谢天谢地，魔毯不在岸上，"厨娘兴高采烈地回答道，"魔毯就在我脚下，就在水里。我在太阳底下坐着，觉得有点热，只是说了一句'我多想自己洗个冷水澡啊'，转眼我就到水里来了！这也是梦里的情境。"

每个人立马就意识到，真是幸运至极，还好魔毯知道把厨娘送到最近也是最大的沐浴之地——也就是大海之中，万幸魔毯没有自己带着厨娘回到卡姆登镇上家中那间闷热的小浴室中！

"抱歉，打扰了，"凤凰温柔的声音响起，打断了大家如释重负的感叹，"但我觉得，这些褐色皮肤的人想要你们的厨娘。"

"是……要吃掉吗？"简小声问道，同时竭尽全力地挣扎着浮出水面，扑进水中的拉姆正在兴高采烈地用自己肥嘟嘟的小手和小脚朝她脸上撩水。

"不是，"凤凰回答道，"谁会想要吃一个厨娘啊？厨娘是负责做饭的，而不是用来吃的。他们想要聘请这个厨娘呢。"

"你是怎么懂得他们说的话的？"西里尔怀疑地问道。

"就像亲吻你的手一样简单，"凤凰回答道，"我可以说，也可以理解所有语言，就连你们的厨娘那种难懂且让人不快的语言，也不例外。你知道怎么做的时候，这非常简单，自然而然就会了。我建议你们让魔毯靠岸，然后把货物，也就是厨娘送

过去。你们可以相信我的话，我敢保证，这些古铜色皮肤的野人现在不会伤害你们的。"

当凤凰告诉你做什么事时，根本让人无法质疑。因此，孩子们立马抓住魔毯的四角，将它从厨娘身下撤了出来，拖着它，慢慢穿过浅浅的海水，最终回到了沙滩上。跟在孩子们身后的厨娘立即坐在上面，紧接着，那些古铜色皮肤的野人，莫名其妙地变得格外谦卑，绕着魔毯围成一圈，将自己的脸贴在闪亮的金色沙滩上。最高的那个野人保持这姿势叽里咕噜说了很多话，对他来说这个姿势显得非常尴尬，因为简注意到，在那之后他花了很长时间才把自己嘴里的沙子清理干净。

"他说，"凤凰过了一段时间说，"他们希望长期雇佣你们的厨娘。"

"没有名气也可以吗?"安西娅问道，她曾听妈妈说起过这样的事情。

"他们不想聘请她当厨娘，而是当女王，作为女王的话，根本不需要名气。"

大家忍不住屏住呼吸，一片寂静。

"哎，"西里尔说道，"有这么多选择! 但是品位这种事，真是毫无道理可言。"

对于厨娘被聘为女王的事情，大家都觉得非常好笑，因而他们忍不住一阵狂笑。

"我可不建议你们这样大笑，"凤凰警告道，它轻抚自己金黄的已经完全湿透了的羽毛,"这并不是他们自己的选择。这个由古铜色皮肤的人组成的部落里有一个古老的预言,有一天一位伟大的女王会从海上出现,头戴白色的王冠,你们看!那就是王冠!"

凤凰用自己的爪子指着厨娘的帽子,这是一项已经脏污不堪的厨娘帽,毕竟已经戴了一周了。

"那就是白色的王冠,"凤凰说,"至少,几乎是白色的,跟这些野人的肤色相比,确实已经非常白了。"

西里尔问厨娘:"听我说,这些褐色皮肤的人想要你当他们的女王。他们只是野人,他们不知道有更好的选择。现在,你是想要留下来,还是愿意承诺在家里不要那么讨人厌,并且对今天发生的事情守口如瓶呢?那样的话我们可以把你带回卡姆登镇。"

"不,不用带我回去,"厨娘坚定无比地说,"我一直盼着能当女王,终于如愿以偿了!我常常盼着自己能成为一个很好的女王,现在我的梦想就要实现了。如果这只是在梦里,那做一次女王也不虚此行了。我跟你们说吧,我再也不想回那个肮脏的地下厨房了,我做什么都不招人待见,除非梦醒,除非讨厌的钟声在我耳边响起,否则我再也不想回去了。"

"你确定吗,"安西娅不安地问凤凰,"你确定她在这儿会非常安全吗?"

"她会发现女王的居所是一个非常精致、舒适的地方。"凤凰郑重其事地说。

"是这样的，你听着，"西里尔说，"你在这里会有精致舒适的居所，你一定要做个好女王，厨娘。这比你期待的要美满多了，愿你能长久统治下去。"

厨娘那些古铜色皮肤的臣民们，现在已经从森林中走来，手捧美丽的长花环，上面的白色花朵绚烂而馨香，他们毕恭毕敬地将花环绕在新女王的脖颈上。

"天哪！这些可爱的东西都是给我的?"惊喜若狂的厨娘大喊道，"哎呀，我得说，这可真像一场梦啊。"

她直直地坐在毯子上，那些古铜色皮肤的野人也戴着这种艳丽鲜花做成的花环，头上则装饰着鹦鹉羽毛，然后开始跳舞。这是一种从未见过的舞蹈，这让孩子们开始相信，厨娘是对的，恐怕他们所有人都是在梦里。这些野人热烈地敲响了形状古怪的小鼓，唱起了莫名其妙的歌曲，舞蹈也越跳越快，曲调越来越古怪，直到所有的舞者都筋疲力尽，疲惫不堪地倒在沙滩上。

新女王的白色王冠已经歪到了一侧，她兴奋地疯狂鼓掌。

"太棒了！"她大声喊道，"太棒了！这可比肯特镇路的阿尔伯特·爱德华音乐厅好多了。再来一次吧!"

但是，凤凰可不打算将这个请求翻译成古铜色皮肤野人的语言，当野人终于缓过气来时，他们真诚地恳求女王离开她的白色护卫队，跟着他们一起到茅屋去。

"尊敬的女王，我们会给您最好的房子。"他们说。

"那么——再见!"凤凰翻译出野人的这一请求后，厨娘挣扎着从地上站起来说，"我再也不用待在厨房和阁楼里了，谢谢你们。我要离开你们到我的王宫去了，我走了，只盼望着这个梦能一直延续下去，一直一直……"

她捡起脚边环绕着的花环，孩子们最后望了望她的条纹袜还有穿旧了的弹力靴，目送着厨娘消失在了森林深处。她被那

些古铜色皮肤的臣民环绕，他们边走边唱着喜庆的歌曲。

"好了！"西里尔说，"我觉得她会一切顺利的，不管怎样，他们好像并不觉得我们有什么了不起的。"

"哦，"凤凰说，"他们觉得你们不过是梦境而已。预言上说，女王会戴着白色王冠，从海浪中缓缓升起，周围则是白色的梦中的孩子。这就是他们对你们的看法！"

"那么晚饭怎么办呢？"罗伯特打断道。

"今天没有晚餐了，没有厨娘，也没有什么布丁盆子了。"安西娅提醒他道，"但是还有黄油面包。"

"咱们快回家吧。"西里尔说。

拉姆心不甘情不愿地奋力挣扎，不愿意再次穿上自己温暖的衣服，但是安西娅和简又哄又骗，强行给他穿上了，当然小拉姆再也没有咳嗽过。

随后，孩子们都穿上自己保暖的衣物，在魔毯上坐好。

森林那边隐约传来丝丝缕缕拙朴的歌声，那些古铜色皮肤的野人正在低声吟唱，表达他们对头戴白色王冠女王的崇敬和赞美。接着，安西娅喊了一声"回家"，就像公爵夫人和其他人吩咐马车夫一般，经过短暂的片刻晕眩之后，这张聪明的魔毯很快就将他们放在了儿童室的适当地方。就在这时，伊莱扎慌乱地推开门说：

"厨娘不见了！我到处都找不到她，晚餐还没准备呢。她既没有带走自己的行李箱，也没有穿自己出门的衣物。她不过是跑出去看看时间，这没什么可让人怀疑的，她从来都不满意厨房的钟，她可能被车撞了或者摔倒了。你们只能吃点冷腌肉凑合着当晚餐了。你们穿戴着出门的衣服，到底要做些什么我不知道的事情？一会儿我要去警察局一趟，看看有没有关于厨娘的消息。"

但是，自此之后，除了这些孩子以外，其他人再也没有厨娘一星半点的消息。

妈妈对于厨娘的失踪深感不安，她非常担心厨娘。安西娅也因此感到非常痛苦，好像她做了一些不该做的事。她在夜里几次醒来，最后决定要获得凤凰的允许，把所有事情向妈妈和盘托出。但是，第二天却没有机会这么做，因为凤凰和往常一样，在偏僻的地方呼呼大睡，还要求大家要格外照顾它，二十四小时内千万不要打扰它。

从那个星期天起拉姆再也没有出现百日咳的症状，妈妈和爸爸觉得医生开的药真的奏效了。但是孩子们知道是那个没有百日咳的南方海滨治愈了拉姆。拉姆喋喋不休地念叨着绚丽多彩的沙滩和大海之类的话，但是没人会注意他。他常常会念叨一些根本没发生过的事情。

星期一的早晨，确实非常早，安西娅从睡梦中醒来，突然打定了主意。她穿着自己的睡袍溜到楼下（天气十分寒冷），一屁股坐在魔毯上，心脏紧张地狂跳，然后祈祷希望自己能到昨

天去的那个阳光海滩，转眼之间，她就到了。

沙子仍旧是温暖的，即使隔着魔毯，她也立马能感受到。她把毯子叠好，像披巾一样搭在自己的肩膀上，心里打定主意，不管带着魔毯有多么酷热难耐，片刻也不能与魔毯分离。

她害怕得有点发抖，一遍又一遍地对自己重复说着"这是我的职责，这是我的职责"，借此鼓足勇气，迈步向着那条森林小路走去。

"你好，你又来了，"厨娘一看到安西娅就快言快语地说道，"这个梦还在继续呢!"

厨娘穿着一件白色的长袍，她没有穿鞋和长袜，更没有戴帽子，她坐在一片棕榈树荫下，岛上此时正值正午，酷热难耐。她的头上戴着花环，那些古铜色皮肤的男孩子们正用孔雀羽毛给她扇风。

"他们已经把帽子收起来了，"厨娘说，"他们好像对那个帽子很重视。可能之前从未见过那样的帽子，我觉得是这样的。"

"你在这里高兴吗?"安西娅气喘吁吁地问道，当了女王的厨娘就在眼前，让她感觉有点透不过气来。

"我相信你，亲爱的，"厨娘推心置腹地说，"在这里，除非你想自己干活，不然什么都不用做。我现在休息得不知道有多好。明天，我要开始清理自己的茅屋了，如果梦能够继续的话，我会教这些人烹饪，他们不是生吃，就是把东西烤成灰渣。"

"但是，你能和他们交谈吗？"

"能交谈！"神采飞扬的厨娘女王回答道，"很容易学会的。我一直觉得自己能很快掌握外语。我已经教会他们理解'晚餐'和'我想喝水'，以及'你们走吧'。"

"那么，你还想要什么东西吗？"安西娅诚挚且不安地问道。

"不需要，亲爱的小姐，只是希望你离开这里。如果你一直在这儿跟我交谈的话，我很担心那个恼人的铃声会把我从这样的美梦中惊醒。希望这个梦一直延续下去吧，我很乐意当个女王。"

"这样的话，那么再见了。"安西娅高兴地说道，她的愧疚感一扫而空。

她很快走进树林，来到一块平地上，然后说"回家"——很快她就回到了自己的家中，将魔毯铺在儿童室中。

"不管怎样，厨娘一切都好。"安西娅一边念叨着，一边回床上睡觉了，"我很欣慰厨娘感到高兴。但如果我告诉妈妈的话，恐怕她不会相信。"

这个故事确实非常难以置信。尽管如此，试试又何妨。

第四章 两场义卖会

　　妈妈确实是个伟大的妈妈。她貌美如花，且富有爱心，特别是在你生病的时候，她照顾得无微不至，而且总是那么仁慈，时时刻刻保持着公正。也就是说，她理解了事情，就会公正地去对待。当然，她并不是总能理解事情的全部。没有人是事事皆知的，妈妈们也不是天使，虽然有很多妈妈已经和天使不相上下了。孩子们知道妈妈通常希望做些最有益于孩子成长的事情，但是她毕竟没有那么聪明，没有办法准确地了解哪些对自己的孩子是最好的。正因为如此，所有的孩子，尤其是安西娅，对于心里隐藏的关于凤凰与魔毯的秘密坐立难安。安西娅打定了主意，决定告诉妈妈真相，即使妈妈不相信这件事情，她也要告诉妈妈。

　　"那么，我应该做正确的事情，"安西娅对凤凰说，"如果妈妈不相信我的话，那就不是我的错了，对吧？"

　　"跟你一点儿关系也没有了，"金灿灿的凤凰说，"她肯定不会相信的，你放心吧。"

安西娅找了一个做作业的时间来说出这个秘密，作业很多，有代数、拉丁文、德语、英语和欧几里得几何，安西娅问妈妈可不可以去客厅完成作业，她说："那里比较安静。"其实心底却悄悄地对自己说："这可不是真正的原因，我只是希望自己长大了不要成为一个谎话精。"

妈妈温柔地说："当然可以了，亲爱的。"随后，安西娅开始在 x、y 和 z 的大海中徜徉。妈妈则坐在红木办公桌前，认真地写信。

"亲爱的妈妈！"安西娅呼唤道。

"我在呢，宝贝！"妈妈回答道。

"还记得咱们家的厨娘吗?"安西娅犹豫道，"我知道她去哪儿了。"

"你知道吗，宝贝?"妈妈问道，"她都做出了这么无情的举动，我也不可能让她回来了。"

"这并不是她的错，"安西娅说，"我能从头开始跟你说说这件事情吗?"

妈妈放下笔，和善的美丽面庞上露出无可奈何的表情。你知道的，这种无可奈何的表情常常会让你失去向别人吐露任何事情的兴趣。

"事情是这样的，"安西娅慌里慌张地说，"你知道的，就是那个毯子里带来的蛋，我们把它放在火上了，后来竟然孵化成

一只神奇的凤凰，而且那毯子也非同凡响，那是一张魔毯，而且……"

"真是个不错的游戏，亲爱的！"妈妈一边说一边拿起了自己的笔，"现在请安静一会儿吧，我可还有一大堆信要写呢。我明天得带着小拉姆到伯恩茅斯去，那里要举办义卖会。"

安西娅重新沉浸到学习中，而妈妈手中的笔也唰唰地快速书写着。

"可是，亲爱的妈妈，"当妈妈一放下笔，要封上信封时，安西娅赶紧抓住机会说，"魔毯可以把我们带到任何想去的地方，还……"

"我希望它能把你们带到可以为我的义卖会弄几件美丽的东方商品的地方，"妈妈说，"我答应过他们，但是现在又没有时间到利宝百货公司去。"

"它可以的，"安西娅说，"但是，妈妈……"

"好了，亲爱的宝贝。"妈妈有点不耐烦地说，她再次拿起了手中的笔。

"魔毯把我们带到了一个没有百日咳的地方，自从到了那儿，小拉姆一下都没咳嗽过，我们也带着厨娘去了，因为她实在是太讨人嫌了，后来她就留在那里，成为当地野人的女王。他们觉得厨娘的帽子是王冠，而且……"

"亲爱的宝贝，"妈妈说道，"你知道虽然我喜欢听你自己虚构的这些故事，但我现在确实快要忙死了。"

"但这是真的啊。"安西娅十分希望妈妈可以相信这些。

"你不应该这么说的，我的小甜心。"妈妈温柔地表示。安西娅很快明白了，这件事情不能指望妈妈相信了。

"妈妈您要离开很长一段时间吗？"安西娅说。

"我感冒了，"妈妈说道，"爸爸对此很不安，还有拉姆的咳嗽也让他很担心。"

"拉姆从星期六开始就再也没咳嗽过了。"拉姆的这位大姐姐插话道。

"我希望自己也能这么想，"妈妈回答道，"爸爸要到苏格兰去。我真心希望你们都能做听话的好孩子。"

"我们会的，我们一定会的，"安西娅热诚地表示，"义卖会什么时候举办？"

"星期六，"妈妈说，"就在学校举办。哦，亲爱的，别再说话了，沉默是金！我的头都要晕了，已经不记得怎么拼'百日咳'了。"

妈妈带着拉姆离开了，爸爸随后也离开了，新来的厨娘看起来像是一只受惊的兔子，没有人忍心去吓唬她，只是如常对待她。

凤凰求得谅解，它表示希望休息一周，大家不要打扰它休息。它隐去了自己金光闪闪的身躯，谁都找不到它。

因此，当星期三下午迎来一个意料之外的假期时，大家打算乘着魔毯到哪儿去看看，这次旅行恐怕要在凤凰不在的情况下进行了。妈妈突然要他们承诺晚上六点以后不能出门，这样他们再也无法在晚上乘坐魔毯远行了，但是星期六除外，那天他们会到义卖会去，到时候还必须穿上最好的衣服，将自己洗得干干净净，指甲也要修剪得清清爽爽，但是不能用剪刀修剪，因为剪刀并不好用，还容易刺伤人，要用那个木质火柴杆削平的末端进行清理，这样就不会伤到指甲了。

"咱们去看看拉姆吧。"简说。

但是大家一致认为，若是他们突然出现在伯恩茅斯的话，肯定把妈妈吓得魂不附体。因此，他们坐在魔毯上，想了又想，一直想到都要开始打瞌睡了。

"听我说，"西里尔说，"我知道怎么办了。魔毯，魔毯，请将我们带到能见到拉姆和妈妈，但是没人能看到我们的地方。"

"拉姆要能看到我们。"简快速补充道。

转眼之间，他们就发现自己从上下颠倒的运动中恢复了过来，他们仍旧坐在魔毯上，而魔毯则飘在又厚又软的棕色松针铺就的毯子上。他们的头顶上是活泼的松鼠，远处清澈的小溪湍湍流动，一如既往地轻快地流过陡峭的河滩。就在不远处，松针毯上坐着的正是妈妈，她摘下了帽子，虽然已是11月份，但阳光普照，明亮闪耀，拉姆也在这里，兴高采烈，再也没有咳嗽的烦扰。

"魔毯欺骗了我们，"罗伯特沮丧地说，"妈妈转过头就能看到我们了。"

但是魔毯确实言而有信，并未欺骗他们。

妈妈转过头来，看到了他们，却对他们视而不见！

"我们隐身了，"西里尔小声说道，"这太好玩了！"

但对女孩们来说，这可一点儿都不好玩。妈妈这样直愣愣地看着她们，但是脸色丝毫未变，就像她们并不在这里一样，这真是太可怕了。

"我不喜欢这种感觉，"简说，"妈妈之前可没这样看过我们。看起来就像她并不爱我们一样，就像我们不是她的孩子似的，或者我们是些坏孩子，她好像并不在乎是否能看到我们。"

"这太可怕了。"安西娅说着都要哭出来了。

但在此刻，拉姆突然看到他们了，迫不及待地冲向魔毯，大声叫道："安西娅，我的安西娅——简、西里尔——罗伯特，噢，噢！"

安西娅搂住他，亲了一口，简也是如此，他们都忍不住这么做了，因为拉姆看起来是那么可爱，蓝色三角帽歪向了一边，可爱的笑脸上脏兮兮的，还是那么熟悉的老样子。

"我爱你，安西娅，我爱你，还有你，还有你，还有你！"拉姆大声嚷嚷道。

这是一个幸福美满的时刻。就连这些小男孩也十分高兴地拍着小弟弟的背。

然后，安西娅瞟了一眼妈妈，妈妈的脸色一片铁青，她直

盯着拉姆，看起来她觉得拉姆好像发疯了。当然，妈妈心里确实是这么想的。

"我亲爱的拉姆，我的宝贝！快到妈妈这儿来。"她大声喊道，迅速跳起来，向孩子跑去。

她的速度实在太快了，隐身的孩子们不得不向后跳开，不然的话，她就会碰到他们，要是触摸到自己看不到的东西，那恐怕就是见鬼了的感觉吧。妈妈一把抱起拉姆，匆匆忙忙地离开了松树林。

"咱们回家吧。"一阵悲哀的沉默之后，简建议道，"我真的感觉妈妈好像根本不爱咱们。"

直到看见妈妈和另一位女士会面，明白她就此安全了，孩子们方才回家。无论如何，都不能把面色铁青的妈妈扔在远离人群的松树林里，远离所有人的帮助，然后不管不顾地，像什么都没发生一样，乘着魔毯若无其事地回家。

当妈妈看似安全之后，孩子们回到魔毯上，然后说"回家"，就踏上了回家的旅程。

"我对隐身不感兴趣，"西里尔表示，"至少在家人面前是如此。但若是变王子、强盗或窃贼的话，那情况又不一样了。"

现在，四个人都是满心忧愁，脑海中满满的都是妈妈的脸。

"我真希望她没离开家，"简表示，"没有妈妈，这房子真是让人开心不起来。"

"我觉得咱们得按照妈妈的嘱咐去做，"安西娅提出来，"我曾经在书中看到，离去之人的愿望理应受到尊重。"

"那指的是他们离开去更遥远的地方，"西里尔说，"去珊瑚色的印度或者冰冷的格陵兰之类的，你难道不知道吗，指的可不是伯恩茅斯。另外，我们也不知道她的愿望啊。"

"妈妈曾说过，"安西娅都快要哭了，"她曾说过'要为义卖会弄点印度货'，但是我知道妈妈认为咱们根本做不到，只不过是玩笑话罢了。"

"我们去把这些东西弄来吧，"罗伯特说，"我们在星期六先去办这件事。"

星期六早上，他们一起床就先去办这件事。

他们没有找到凤凰，因此，大家坐在漂亮的魔毯上，吩咐道："我们想要一些印度货给妈妈的义卖会用。请问你能将我们带到有人愿意给我们一大堆印度货的地方吗？"

有求必应的魔毯带着他们盘旋飞去，将他们送到了一个闪闪发光的白色印度城镇的城郊。映入眼底的穹顶和屋顶的形状，还有骑着大象经过的男人，再加上沿路而行的两名英国士兵就像吉卜林小说中所写的那样交谈，孩子们心里再无疑问，一切都显而易见，这里就是印度了。他们把魔毯卷了起来，由罗伯特负责扛着，他们一起昂首阔步走进了城里。天气十分暖和，他们不得不脱去自己在11月份的伦敦穿的厚重衣物，搭在自己的手臂上。

街道狭窄而陌生，街上人们穿的服饰也是那么陌生，但是

人们说的话恐怕是最陌生的。

"我可是一个字都听不懂，"西里尔说，"我们到底怎么才能要到那些义卖会需要的东西啊？"

"我觉得他们也是很贫穷的人，"简说道，"我们需要找一个印度的王公什么的。"

罗伯特已经开始展开魔毯了，但是其他孩子阻止了他，恳求他千万不要浪费一个愿望。

"我们请求魔毯将我们带到一个可以为义卖会弄到印度货的地方，"安西娅说道，"魔毯肯定会帮我们做到的。"

她的信心合情合理，很快得到了证实。

安西娅的话音刚落，一位戴着头巾的深棕色皮肤的绅士向他们走来，并且深深地鞠了一躬。他说着一口流利的英语，孩子们听到英语开心得无法自已。

"我的女王觉得你们这些孩子太漂亮了。她想问你们是不是迷路了，或者你们要卖掉这块毯子吗？她从自己的轿子中看到了你们。你们愿意来见见她吗？"

孩子们跟着这个陌生人朝前走，这个人一笑起来就露出比平时多得多的牙齿。他领着孩子们穿过弯曲的街道，来到了女王的王宫。我不打算对女王的王宫详加描述，因为我自己从来没见过女王的王宫，但是吉卜林先生可见过。因此，你可以到他的书中看一看关于王宫的描述。但是我清清楚楚地知道那里发生了什么。

老女王端坐在加了衬垫的矮凳上，周围还有很多其他女士，所有人都穿着裤子，戴着面纱，身上的亮金属片和黄金饰品及珠宝闪闪发光，灼灼夺目。而那位戴着头巾的棕色皮肤的先生就站在某座木雕屏风后面，帮助翻译孩子们说了什么，以及女王说了什么。当女王要求购买毯子时，孩子们异口同声地说"不"。

"为什么呢?"女王问道。

简概括地说明了原因，然后翻译解释给女王听。女王说了一段话，然后翻译说道:

"我的女主人说，这真是个有意思的故事，你们可以从头到尾讲一遍，不用担心时间。"

他们只好详详细细讲了一遍。这可是一个很漫长的故事，特别是故事还得讲两遍，西里尔讲一遍，翻译还得翻译一遍。西里尔声情并茂地讲述着关于凤凰和魔毯的故事，当然还有孤塔，以及女王厨娘的故事，不知不觉地，言辞之间越来越有阿拉伯天方夜谭的风范，女王和她周围的女士们津津有味地听着翻译讲述这个故事，在软垫上笑得前俯后仰的。

故事讲完之后，女王说了一段话，然后翻译解释说，女王说:"亲爱的小朋友，你天生擅长讲故事。"说着，她把戴在自己脖子上的一串绿松石项链递给了西里尔。

"哦，好漂亮啊!"简和安西娅高兴地说。

西里尔开心地鞠了几个躬表示谢意，然后清了清嗓子说:

"非常感谢，但是我更希望女王殿下能给我们一些可以在义卖会上出售的廉价品。跟女王说，我想要一些可以再出售的东西，然后用赚的钱购买衣物，帮助那些没有衣服保暖的穷人。"

"告诉他，我允许他卖掉我的礼物，用赚的钱去帮助无衣可穿的可怜人。"翻译解释着女王的话。

但西里尔坚定地说："感谢女王，但是不行。这些东西今天就要在义卖会上出售，英国的义卖会上没有人会愿意买一串绿

松石项链的。人们可能会觉得这是假的，或者他们会想知道这东西是从哪儿来的。"

于是，女王派人弄了些精巧可爱的漂亮物件，她的仆人们把这些东西都堆放在魔毯上。

"我必须得借给你们一头大象才能把这些东西搬走。"她边笑边说。

但是安西娅说："如果女王愿意借给我们梳子，让我们梳洗打扮一番的话，她就能看到一场魔幻表演了。我们、魔毯，还有所有这些铜质的盆盆罐罐、雕花物品和林林总总的东西，都会像一股烟一样消失不见的。"

女王对这个主意赞赏不已，她借给孩子们一把檀香木的梳子，上面镶嵌着象牙雕刻的莲花。孩子们在银盆中洗漱一番之后，西里尔做了一番礼貌的告别演讲，然后用下面的话快速结束了自己的演讲——

"我希望我们在学校的义卖会上。"

当然，他们真的就出现在义卖会了。女王和跟随她的那些女士们留在原地，惊讶得合不拢嘴，直勾勾地看着镶嵌了大理石的地面上的空地，魔毯和孩子们都消失了。

"如果真有魔法的话，莫过于此了。"女王兴奋地说道，为这件事开怀不已。打那以后，这件事情毫无疑问成了那天在场的女士们在阴雨天无事时最好的谈资。

西里尔讲故事的时候着实花了不少时间，另外，随从们去

取那些精美漂亮的小物件时，他们在那里吃了一些没有见过的甜食，耽误了不少时间，因而等他们到达时，学校的校舍里慢慢亮起了灯光。而外面，冬日的黄昏悄然无息地笼罩着卡姆登镇的房屋。

"幸好我们在印度梳洗打扮了一番，"西里尔说，"如果我们回家洗漱的话，肯定就得迟到很长时间。"

"另外，"罗伯特说，"在印度洗漱可要温暖舒服多了。如果要在那儿生活，我也非常乐意。"

细心周到的魔毯把孩子们放在了一块昏暗的地方，正好处在两个展台角落相接之处的后边。地面上四处散落着绳子和牛皮纸，靠墙则放着一堆篮子和盒子。

孩子们从一个货摊下面爬了出来，这个货摊上摆满了琳琅满目的桌布、垫子和其他零零碎碎的东西，所有物品都被那些整天无所事事的悠闲夫人们装饰得漂漂亮亮的。他们最后终于爬了出去，掀开了一块餐具柜的罩布，上面装饰着蓝色天竺葵，着实品位不俗。女孩们都顺利地爬了出来，丝毫没有引起别人的注意。西里尔也是如此。但是罗伯特就没有这么幸运了，当他小心翼翼地爬出来时，正好摊位的主人比德尔太太路过。她那只厚实的大脚结结实实地踩在了罗伯特的小手上，如果罗伯特疼痛难忍叫出声的话，谁又能怪他呢？

很快，一大群人聚集过来了。义卖会上大声叫喊的事情可不常见，每个人都兴趣浓浓。三个已经爬出来的孩子花了好一会儿工夫才让比德尔太太明白，她踩的可不是学校的地板，更不是她现在以为的一个掉在地上的针线包，而是一位痛苦难耐的孩子嫩生生的手掌。当比德尔太太开始意识到自己确实伤害到罗伯特时，她变得非常非常生气。当人们意外伤害到别人之后，造成伤害的人往往更加生气。我常常在想这到底是为什么。

"我很抱歉，真的。"比德尔太太说道，但是她言辞之间确实愤怒比悲伤多，"出来！像一只蜈蚣一样在摊位下面爬来爬去，到底想要干什么？"

"我们在看那些放在角落里的东西。"

"你们这种偷偷摸摸的方式真讨厌，"比德尔太太说道，"这会让你们在生活中永远都无法成功的。那里什么东西都没有，只有用来包装的牛皮纸和灰尘。"

"哦，并不是那样的！"简说，"你知道的不过如此而已。"

"小姑娘，你不要如此无礼。"比德尔太太面红耳赤地呵斥道。

"她并不是存心的，但那里确实有些漂亮的东西。"西里尔说道，他突然感觉似乎无法告诉周围这些人，毯子上堆放的所有珍宝都是妈妈捐赠给义卖会的。没有人会相信这一点，就算他们相信了，致信感谢妈妈，那妈妈可能会想……天哪，恐怕只有老天爷才知道妈妈会怎么想吧。其他的三个孩子也有同感。

"我倒是想看看。"一位非常漂亮的女士说道，她的朋友让她深感失望，她希望这些东西是自己摊位上迟到的捐赠。

　　她好奇地看着罗伯特，罗伯特说道："乐意之至，不用客气。"然后又钻回了比德尔太太的摊位下面。

　　"我很奇怪，你竟然会鼓励这种行为。"比德尔太太说道，"你知道的，我总是实话实说，皮斯马什小姐，这可真让我觉得意外。"她转向周围的人群。"这里没什么好看的了，"她严厉地说道，"一个非常顽皮的小男孩不小心把自己弄伤了，只是轻伤而已。大家可以散开了吗？否则让他觉得这样能引起大家注意

的话，恐怕只会助长他的淘气劲。"

拥挤的人群逐渐散去了。安西娅气得说不出话，突然听到一位善良的牧师说："可怜的小家伙！"安西娅瞬间就爱上了这位牧师。

接着，罗伯特从摊位下面窸窸窣窣地爬了出来，手里拿着一些贝拿勒斯黄铜制品和一些镶金嵌银的华丽檀香盒。

"天哪！"皮斯马什小姐惊呼道，"查尔斯终究没有忘记。"

"打扰一下，"比德尔太太的客气礼貌里也带着一股暴躁劲，她不耐烦地说，"这些东西都存放在我的摊位后面。这肯定是哪位不知名的捐赠者偷偷做的好事，要是他听到你声称这些东西属于你的话，恐怕会为你感到羞愧的。这些东西理所当然是给我的。"

"我的摊位和你紧挨着，"可怜的皮斯马什小姐怯懦地说道，"我表哥确实答应说……"

孩子们悄悄侧身混到了人群之中，离开了这场实力悬殊的不平等争辩。他们的感受简直无法言喻，最后罗伯特说道："那只讨人嫌的古板猪猡！"

"那些东西可是我们历经艰难得来的！我可是为了给印度那位裤装女士讲故事，费了九牛二虎之力，嗓子都说哑了。"

"这个粗鲁的女人真是非常非常让人讨厌。"简说道。

安西娅压低声音，急切地说道："这个女人不太好，皮斯马什小姐既漂亮，对人又十分和善。有谁带着铅笔吗？"

　　安西娅艰难地穿过了三个摊位，终于爬到了，这可是一段不短的路程。墙角的垃圾中有一张淡蓝色的大纸。她将纸折成方形，在上面认真写着字，每写一个字都舔一下笔尖，想让字更黑一点儿："所有这些印度货都送给漂亮、善良的皮斯马什小姐的摊位。"她思忖片刻，想着要不要加上一句"一件都不要给比德尔太太"，但她觉得这样可能会引起不必要的怀疑，因此，她匆匆忙忙地写上"匿名捐赠者赠"，然后又匍匐着穿过几张木板和架子，重新和其他人会合了。

　　当比德尔太太上诉到义卖委员会时，角落里的摊位也被抬起来，搬到旁边，这样那些胖嘟嘟的牧师和身材肥硕的女士们就无须趴到摊位下面，也能走到角落里去。人们很快就发现了那张蓝色的纸，所有那些光彩夺目、华丽无比的印度货都给了皮斯马什小姐，她把这些东西销售一空，总共赚了三十五英镑。

　　"我不明白那张蓝色的纸是怎么回事，"比德尔太太说道，"这事看起来像是个疯子干的。还说你善良又漂亮！这可不像是一个头脑清醒的人干的事。"

　　安西娅和简央求皮斯马什小姐让他们帮忙销售这些印度货，因为正是他们的兄弟宣告了有这么精美的印度货到来的好消息。皮斯马什小姐十分愿意，刚才她的摊位备受忽视，顾客稀少，可这会儿熙熙攘攘好不热闹，大家都争相购买，她很高兴有人愿意帮忙。孩子们注意到比德尔太太卖东西的方式比管理摊位也好不到哪里去。我希望他们不要如此不快，即使他们踩在你的手上，却说是你淘气惹祸导致的，我们也应该试着原谅自己的敌人。但是我恐怕这些人不会表现出其本应该有的歉意。

将这些印度货在摊位上安排停当需要不少时间。魔毯被铺在摊位上，其暗沉的颜色有力衬托了铜制品、银器和象牙制品。这是一个人人都欢欣鼓舞但又忙碌的下午，皮斯马什小姐和两个女孩子把从遥远印度市场带回来的精美小玩意儿销售一空，安西娅和简跟着男孩子们到鱼池去钓鱼，然后去摸彩，试试手气，还去听了乐队、留声机，欣赏鸣禽合唱，一切都在屏风后面，是由管子和盛水的玻璃杯打造出来的。

让他们喜出望外的是，善良的牧师突然给他们送来了美味的茶饮，直到他们已经吃了三块蛋糕后，皮斯马什小姐才加入他们。这个聚会美妙至极，牧师对每个人都和善亲切，"对皮斯马什小姐尤其如此。"简事后说道。

"我们得回到摊位上去了。"当大家再也吃不下什么东西时，安西娅说，而和善的牧师正在低声和皮斯马什小姐讨论节日过后的事情。

"不用再回去了，已经没有要做的事情了。"皮斯马什小姐高兴地说道，"感谢你们，亲爱的孩子们，我们把所有东西都卖掉了。"

"那……那儿还有我们的毯子呢。"西里尔说道。

"哦，"皮斯马什小姐脆生生地说道，"不用为那张毯子费事

了。我把它给卖了。比德尔太太给了我十先令，把毯子买走了。她说这毯子正适合她家仆人的卧室。"

"为什么呢？"简说道，"她的仆人不用毯子，是她请的厨娘告诉我们的。"

"对不起，你们可不能随便造谣中伤伊丽莎白女王啊。"牧师愉快地打趣道，皮斯马什小姐也哈哈大笑，高兴地看着他，好像自己从来没有想到有人会如此风趣一般。但是其他人可就无言以对了，大家都愣住了。他们如何能说："那张毯子是我们的！"那是谁将毯子带到义卖会的呢？

孩子们此刻简直是哑巴吃黄连，有苦说不出。但是我还是很高兴，孩子们的伤心焦虑并没有让他们忘记礼仪，有时候，即使是那些对礼仪心知肚明的成年人都可能会疏忽呢。

他们说道："非常感谢你们的美味茶点。"又说"感谢你们，今天非常愉快"及"感谢度过如此愉快的时光"，牧师招待他们玩了鱼池、摸彩，请他们听留声机，及欣赏鸣禽合唱，而且还把他们当成大人对待。女孩们拥抱了皮斯马什小姐，他们离开的时候听到牧师说道：

"确实，这些小孩子们如此欢快，但是怎么样——你要在节日后就答应去。啊，你是说会……"

安西娅没能及时按捺住简，简又走回去说："你们节日以后要干什么呢？"

皮斯马什微微一笑，看起来美极了。牧师说道："我希望能到幸运岛一游。"

"我们多希望能用魔毯带你们去啊。"简说。

"太感谢了，"牧师说，"但很抱歉，我可能没办法等到那时候了。我必须在自己当上主教之前去幸运岛一趟。当上主教之后，我可能就会忙得无暇分身了。"

"我常常觉得自己应该嫁个主教，"简说道，"主教的长袍肯定会很有用的。皮斯马什小姐，你愿意嫁给主教吗？"

就在这时，大伙儿把她强行拉走了。

因为比德尔夫人踩到的是罗伯特的手，因此大家决定最好不要让比德尔夫人想起这个小插曲，以免她再次勃然大怒。安西娅和简曾经在她的竞争摊位上帮忙卖东西，恐怕也不太招人待见。

四个人聚在一起，召开紧急会议协商，最后一致认为比德尔太太对西里尔的讨厌程度肯定比其他人要轻一些，因此，其他孩子都混入人群中，让西里尔跟比德尔太太说："比德尔太太，我们想要那张毯子。你愿意把它卖给我们吗？我们会给您……"

"我当然不会卖给你，"比德尔太太说，"走开，小男孩。"

她的语气处处向西里尔表露着自己已经很不耐烦了，没有什么可商量的。他找到其他孩子说：

"这没有什么用，她就像一头母狮子，好像我们要抢走她的幼崽一样。我们必须得盯住她要去哪儿。还有，安西娅，我不

管你怎么说，这是咱们的魔毯，这可不算是入室行窃。一定程度上来说，这只是一种绝处逢生的行为——英勇、果敢且勇往直前，完全没有什么错。"

孩子们毫无乐趣可言地在欢快的人群中游荡。鸣禽的合唱听起来就像是玻璃管在水中吹响的声音，留声机不过是一种发出可怕噪音的机器，因此，你很难听到自己说话的声音。人们都在购买自己可能根本不需要的东西，所有的一切看起来是如此愚蠢。轻飘入鼻的些许煤气味，熙攘的人群，还有那些无处不在的蛋糕和面包碎屑，都令孩子们觉得精疲力竭。生活突然变得悲伤而难以自已，一切都是如此灰暗、阴郁。

他们找了一个可以看到魔毯的角落，满腹心事，可怜巴巴地在那儿等着。时间流逝，很快就超过了他们应该上床睡觉的时间。到了十点钟，买到东西的人纷纷散去，那些卖东西的人留下来计算账目。

"我还想啰唆一句，"罗伯特说，"有生之年，我再也不想参加什么义卖会了。我的手肿得厉害，足足有一个布丁那么大。我觉得她那双讨厌的靴钉上像有毒似的。"

就在这时，一个看似有监管权的人说道：

"现在一切都结束了，你们最好赶紧回家。"

因此，他们就走开了。在煤气灯下，孩子们整晚都站在刚才听乐队演奏的人行道上凄凄惨惨地等着，他们在黏糊糊的泥里踩来踩去，直到比德尔太太走了出来，乘着一辆出租马车，载着她没有卖掉的大部分东西，和她购买的少数东西——魔毯就在其中。其他的摊主则将东西放在学校里直到周一上午，但是比德尔太太担心有人会偷走她的东西，因此把所有东西都搬上了出租马车。

孩子们现在简直绝望透顶，根本没有时间顾及泥土或者形象了，跟在出租马车的后面，来到了比德尔太太家里。当比德尔太太带着魔毯进去，家门也随之关闭后，安西娅说：

"我们不要入室盗窃，我的意思是不要采取冒险、鲁莽的挽救行动，我们先给她一个机会吧。让我们按响门铃，要求见一见她吧。"

其他人虽然很不愿意这么做，但最后还是同意了，条件是如果最后不得不入室盗窃的话，安西娅就不能对这件事再大惊小怪的了。

因此，他们敲门且按响了门铃，一个看起来惊慌失措的客厅女侍打开了前门。就在他们要求见一见比德尔太太时，看到她正在餐厅中忙活，她已经把桌子搬开，铺开魔毯，看看它铺在地上怎么样。

"我就知道她肯定不是打算用在仆人卧室的。"简小声说。

安西娅直接越过惴惴不安的客厅女侍，其他孩子也跟在安西娅的后面。比德尔太太背对着孩子们，正用狠狠踩过罗伯特手的靴子弄平地毯。因此，他们所有人都来到了房间里，主意最多的西里尔在比德尔太太看到他们之前先关上了房门。

"是谁啊？"她用刺耳的声音问道，然后突然转过身来，她终于看到了来的是谁。她的脸色再次变得铁青——又深又浓的铁青面色。"你们这些调皮的捣蛋鬼！"她大声嚷嚷道，"你们竟然敢到这里来？而且是晚上这个点。快点走，否则我就把你们交给警察。"

"请不要生气，"安西娅镇定地说，"我们只是想让您把毯子卖给我们。我们一共有十二个先令，而且……"

"你们怎么敢这么做？"比德尔太太大嚷道，声音因为生气而轻微颤抖。

"你看起来真可怕呀。"简突然说道。

比德尔太太生气地跺着穿靴子的脚："你这个厚颜无耻的粗鲁孩子！"

安西娅差一点儿就劝住简了，但最后简还是不管不顾地冲了上去。

"那确实是我们儿童室里铺的毯子，"她大声说道，"随便你问谁，看看它是不是。"

"咱们许愿回到家中吧。"西里尔悄声说。

"不能回去，"罗伯特小声回答道，"她也会跟着我们回去的，说不定会大发雷霆。这太可怕了，我讨厌死她了！"

"我希望比德尔太太拥有天使一般的好脾气！"安西娅大声喊道。

"这值得一试。"她对自己说。

比德尔太太的脸色从铁青变成了发青，从发青变成了涨红，从涨红变成了粉红。接着，她露出和善的甜美笑容。

"为什么不呢，我很愿意！"她说，"这个主意可真不错！为什么我不能有个好脾气呢，亲爱的？"

魔毯再一次发挥了作用，不仅是对比德尔太太奏效。孩子们突然间也觉得愉快、高兴起来。

"你真是一个好人，"西里尔说道，"我现在明白这一点了。我们今天在义卖会上惹您不高兴了，真是抱歉。"

"无须多说，"焕然一新的比德尔太太说道，"你们当然可以拿走地毯，亲爱的孩子们，如果你们喜欢的话。不，不，我不会要超过我所付的那十先令的。"

"真是太难为您了，您在义卖会上买了地毯以后，我们还跟您要，"安西娅说，"但这确实是我们儿童室的地毯。它是被误拿到义卖会上的，当然还发生了一些其他事情。"

"确实是这样吗？真令人烦恼！"比德尔太太和善地说道，"好吧，亲爱的孩子们，我完全能拿得出十先令，你们带着毯子走吧，咱们不要再说这个事了。你们吃一块蛋糕再走吧！小伙子，我很抱歉踩到了你的手。现在你的手好了吗？"

"好了，谢谢您，"罗伯特说，"我觉得您人真好。"

"千万别客气，"比德尔太太诚恳地表示，"我很高兴能给你们这些可爱的孩子提供一点儿帮助。"

接着，比德尔太太帮孩子们把魔毯卷起来，男孩们扛着魔毯走。

"您可真好。"安西娅说，她和比德尔太太彼此真心实意地亲吻告别。

"太好了！"西里尔走在街上的时候说。

"是的，"罗伯特说，"奇妙之处在于，你觉得好像这是真的

似的，她变得如此快乐，我的意思是不只是魔毯让她变得和善。"

"可能这是真的，"安西娅说道，"魔毯把遮掩她和善的坏脾气、疲倦还有其他杂乱的事情都带走了。"

"我真希望魔毯让那些糟糕的情绪永远不要回来。"简说，"她笑起来的时候一点儿都不难看。"

那一天，魔毯使很多传奇变成了现实，但是，我觉得比德尔太太的事情恐怕堪称传奇中的传奇了。从那天开始，比德尔太太再也没有像以前那样讨人嫌了，皮斯马什小姐跟善良的牧师结婚时，比德尔太太送给她一个可爱的银茶壶，还有一封充满友善的信件。节日之后，夫妻二人就到意大利度蜜月去了。

第五章

神　庙

"我希望我们能找到凤凰，"简说，"凤凰这个小伙伴可比魔毯好多了。"

"小孩子们总是不懂得知恩图报。"西里尔说，"而我并不是这样，只是魔毯从来都不说话，让人如此无助。魔毯似乎无法自己照顾自己，例如它被卖掉了，还给带到海里去了，诸如此类的事情时有发生。但是你无论如何都抓不住凤凰拿去卖掉。"

义卖会已经过去两天了，每个人都有些焦躁易怒。有些时候就是这样，顺便一提，通常周一就是这样。正好，那天就是周一。

"如果你那珍贵无比的凤凰一去不复返了，我也不会感到惊讶。"西里尔说，"我不知道自己是不是在责怪它。看看这槽糕的天气吧！"

"这不值得一看。"罗伯特说。

"凤凰并没有走，我很确定它并没有走，"安西娅说道，"我会再找找它的。"

安西娅在桌椅板凳下面一番搜罗，盒子里和筐里也是一顿折腾，就连妈妈的针线袋和爸爸的旅行皮箱也不放过，但是凤凰仍旧未露出一点儿行迹，连一根羽毛的提示都没有。

突然，罗伯特记起那个足足有七千行的祈祷颂歌被他浓缩成一首英语六韵步诗歌的事情，于是他站到魔毯上，开始吟诵：

"哦，出来吧，出来吧，古老而善良的美丽凤凰。"

几乎是在一瞬间，厨房楼梯上沙沙作响，正是凤凰挥动翅膀的声音，凤凰挥舞着自己金光闪闪的宽大翅膀飞了进来。

"你到底藏在哪里啊？"安西娅问道，"我到处找你。"

"可不是哪儿都找过，"凤凰回答说，"因为你并没有找我所在的地方。你就承认吧，我所在的那个神圣的地方就被忽略了。"

"什么神圣的地方？"西里尔略带一些不耐烦地问道，因为时间愈发紧张，而魔毯却仍旧在那儿闲置未用。

"我所在的地方，"凤凰说，"由于我的存在而蓬荜生辉，它就是浴室。"

"什么？"

"浴室——就是洗漱的地方。"

"我很确定你没有在那儿，"简说，"我到那儿找了三遍，还把所有的毛巾都移开看了看。"

"我藏起来了，"凤凰说，"就藏在一根金属管子上——就像施了魔法，那里让我的金色脚爪觉得很温暖，好像被炽热的荒

漠里的骄阳暖暖地照着的感觉。"

"噢，你说的是热水管，"西里尔说，"这种天气，那里确实是个好地方，让人舒适无比。那么现在我们要到哪里去呢？"

当然，接下来便是一场唇枪舌剑的讨论，这一点儿都不让人觉得意外，他们要去哪儿，去干什么，总是会引起争论。很自然地，每个人都想做些其他人毫不在意的事情。

"我是最大的，"西里尔强调说，"咱们去北极吧。"

"这种天气？还是去最合适的！"罗伯特加入争辩说，"咱们到赤道去吧。"

"我觉得印度的戈尔康达钻石矿再合适不过了，"安西娅说道，"你同意吗，简？"

"不，我不同意，"简回答说，"我不同意你说的。你们谁说的我都不同意。"

凤凰举起爪子，打了一个警告的手势。

"如果你们之间不能达成一致的话，我恐怕得离开你们了。"凤凰说，

"那么，我们该到哪里去呢？你来决定吧！"孩子们异口同声地说道。

"如果我是你们，"凤凰沉思片刻后说道，"我会让魔毯休息休息。你们去哪儿都用魔毯的话，你们的脚会没用的。你们就不能带我出去走走，给我介绍介绍这座丑陋的城市吗？"

"如果天气晴朗的话，我们非常愿意。"罗伯特无精打采地

说道，"但是你看看这连绵不断的雨。而且，我们为什么要让魔毯休息呢？"

"你们就是这么贪婪无度，无情又自私吗？"凤凰尖锐地问道。

"当然不是！"罗伯特愤愤不平地回答道。

"那么，这样吧，"凤凰说，"就雨来说，我自己也说不上喜欢。如果太阳知道我在这里的话，它会非常愿意将阳光普照在我身上的，因为我看起来是这么明亮这么金光闪闪。它常常说要回报我对它的那些关注。难道你们就没有什么适合在这种潮湿的天气求天晴的词儿吗？"

"有啊，'雨啊，雨啊，快走开'，"安西娅说道，"但是雨从来没有离开过。"

"可能是你的祈祷方式不正确。"凤凰说。

"雨啊，雨啊，快走吧，改天再来做客吧，小小孩童要玩耍。"安西娅念道。

"这样你就大错特错了，如果你用这种平铺直叙的方式表达的话，那我就非常理解雨为什么不把你们的话放在心上了。你们应该打开窗户，并且竭尽全力地大声喊：'雨啊，雨啊，快走吧，改天再来做客吧，现在我们想要暖阳普照，美丽的雨啊，行行好快走开！'

"你想要人们做点什么的时候，不能总是客客气气地说，想要它走开的时候尤其如此。今天，你还可以添上：

伟大的阳光啊，请尽情照耀，

可爱的凤凰就在这里，

想要被你照耀，

到那时，光辉闪耀！"

"这是诗！"西里尔果断地说道。

"这像是诗。"罗伯特小心翼翼地说道。

"我必须得加上'可爱的'这个词，"凤凰谦虚地说，"来凑这句的字数。"

"有许多不好的话正是这样凑字数凑出来的。"简说。但是其他人都说："安静！"接着，孩子们打开了窗户，朝着窗外竭尽全力地喊出了这首诗，凤凰也跟他们一起朗诵着这首诗，当然"可爱的"一词除外，当孩子们说到这个词的时候，凤凰害羞地低下了头，还不好意思地咳嗽了两声。

淅淅沥沥的雨迟疑片刻，就烟消云散了。

"这是真正的礼貌。"凤凰说道。接着它又栖息在了窗台上，不断地张合着金光闪闪的翅膀。阳光如此明媚，此刻正倾泻而下，就如秋日里日落时分一样娇艳动人，让凤凰绚丽的羽毛显得格外光彩夺目。之后，人们还在久久议论，很多很多年都没有在12月份出现过如此明媚亮丽的阳光了。

"现在，"凤凰说，"我们可以出发到城里去了，你们应该带我到供着我的某座庙宇里去。"

"供奉你的庙宇?"

"我从魔毯那里听说,这里可是有很多供奉我的庙宇呢。"

"我不明白你是怎么从魔毯那儿得到消息的,"简说,"魔毯从来都不说话。"

"尽管如此,你们还是从魔毯那儿获得了很多东西,"凤凰说,"我看到过你们这么做。我用这种方式获得了一些信息。你们曾给我看过上面展示了我图像的纸——我知道上面写着城市中一条街道的名字,一座供奉我的寺庙就坐落在那里,在入口的地方,那里的石头上用金属雕刻着我的形象。"

"你指的是火灾保险公司,"罗伯特说,"那并不是一座庙宇,而且他们也不……"

"不好意思,"凤凰冷冷地说,"你们的消息完全错误。那就是一座庙宇,他们确实供奉着我。"

"我们不要浪费阳光,"安西娅说,"我们可以边走边讨论,这样还能节约点时间。"

于是,凤凰同意藏在罗伯特的诺福克夹克衫中,在他的胸部筑巢,他们迎着光彩夺目的阳光走了出去。到达凤凰庙宇的最佳方式可能是乘坐电车,孩子们在车上不断地讨论着,而凤凰则时不时小心翼翼地插两句嘴,警惕的眼睛骨碌碌地转着,不停地反驳孩子们说的话。

这次旅程非常开心,孩子们感到自己很幸运,有足够的钱支付电车的费用。孩子们坐着电车走到尽可能远的地方,电车

停下来不再向前行进时，他们才下车。电车停靠在格蕾学院道末端，西里尔想从费特街和路德盖特马戏团间密密麻麻分布的各种小巷和庭院中找到一条前往凤凰庙宇的捷径。当然，他是大错特错的，当时罗伯特就是这么跟他说的。之后罗伯特又忍不住提醒自己的兄弟，当初他可是这么说过的。那里的街道非常狭窄，拥挤又粗陋，到处都是做印刷工的男孩和做装订工的女孩，刚刚下班归来，他们都死死地盯着姐妹俩漂亮的红色外套和帽子，那时她们俩多么希望可以从其他路上走啊。这些印刷工人和装订工人还发表着自己的个人见解，建议简剪掉自己的头发，还纷纷问安西娅在哪儿可以买到那种帽子。简和安西娅不想回答，西里尔和罗伯特发现他们根本无法与这一群粗人交流。他们想不到什么合适的话来应对。于是他们快速地转过一个弯，安西娅将简拉到一个拱门中，然后进入一个门里，西里尔和罗伯特也快速地跟了过去，那一群人没有看到他们，走过去了。

安西娅深吸一口气。

"真可怕！"她说，"除了在书里，我不知道还有这样的人。"

"确实有点过分，但主要还是你们女孩子的错，出门还穿这么显眼的衣服。"

"我们以为跟凤凰出门一定得穿得赏心悦目些。"简说。凤凰说："确实如此。"它一边说，一边伸出自己的头冲女孩们眨了眨眼睛，以示鼓励。

　　就在这时，一只脏乎乎的手伸过来，穿过孩子们旁边楼梯上脏乎乎的栏杆，抓住了凤凰，接着一个嘶哑的声音大声喊道：

　　"我说，厄尔勃，这不就是咱们弄丢的那只家养鹦鹉吗？谢谢你们把它送回家。"

　　四个孩子快速转过身，两个衣衫褴褛的大男孩蜷缩在楼梯的黑暗阴影中。他们比罗伯特和西里尔大很多，其中一个人已经把凤凰拖走了，高高地举在自己的头顶。

　　"把那只鸟还给我，"西里尔严厉地说，"那是我们的鸟儿。"

　　"下午好，感谢你们。"男孩继续说道，言语间嘲弄的语气让人抓狂，"非常抱歉，带给你们麻烦，可惜我不能赏你们两个便士报答你们——我把自己的钱都用在报纸上打广告，四处寻找我的宝贝鸟儿了。你们明年可以来要报酬。"

　　"小心，艾克，"他的朋友有点焦虑地说，"它可是长着一个尖嘴呢。"

　　"如果有人胆敢声称我的鹦鹉是他的话，"艾克阴沉沉地说，"我非得用鸟嘴马上狠狠收拾他们不可。你快闭上嘴吧，厄尔勃。现在，你们四个小妞，快从这儿滚出去。"

　　"小妞！"罗伯特大喝一声，"我得让你看看谁是小妞！"

　　他一下子蹿出三阶楼梯，然后一顿拳打脚踢。

　　紧接着哀号连连，这是凤凰发出过的最像鸟叫的声音了，接着又是一阵挥舞翅膀的声音，还伴着黑暗中阵阵不怀好意的笑声，艾克说：

"你看看你，来了又走，正好踩在我的鹦鹉上，踩得它咕咕咕乱叫，真是太残忍了。"

罗伯特暴跳如雷。西里尔盛怒之下面色已经一片死灰，他快速地转动着自己的大脑，绞尽脑汁想要找出什么聪明的方法来对付这些坏男孩。安西娅和简跟两个男孩一样生气，气得都快要哭了。然后安西娅说：

"请你们把鸟儿还给我们吧。

"请你们走开，让鸟儿和我们待在一起吧。

"如果你们不走的话，我就要把警察叫过来了。"

"你尽管去叫警察好了，"名叫厄尔勃的男孩说道，"艾克，你快点把那只讨厌的鸽子的脖子给扭断，这东西简直一文不名。"

"不要拧，不要拧，"简大喊道，"千万不要伤害它。哦，千万别伤害它，这是多么可爱的宠物啊。"

"我不会伤害小鸟的，"艾克说道，"厄尔勃，我真为你感到羞耻，你怎么能想到这么恶毒的方法？小姐，给我半个金币，你就能拿回活的小鸟了。"

"半个什么？"安西娅问道。

"半个金币，傻瓜，半英镑也行。"

"我没有这么多钱，而且，这是我们的鸟儿啊。"安西娅说道。

"噢，不要再跟他废话了。"西里尔和简突然说，"凤凰——

亲爱的凤凰，我们无能为力。但是你肯定有办法的吧。"

"乐意至极。"凤凰回答道。艾克一阵惊愕，差点把凤凰扔了。

"我说，这只鸟儿竟然会说话，了不得啊。"艾克说。

"你们这些年轻人，"凤凰说，"不幸的孩子们，快听我说。"

"天哪，我的眼睛！"艾克大呼道。

"小心，艾克，"厄尔勃说，"你会勒死这个家伙的——我看啊，再不济这只鸟儿也能换到跟它体重相当的黄金。"

"你们给我听着，恩克诺科斯蒂斯，藐视神明的家伙们，还有你，乌尔巴努斯，污秽城市的居民，快点停止这个危险的行动吧，否则会有更大的厄运降临在你们身上。"

"天哪，"艾克说，"它没受过教育才怪呢！"

"把我还给我那些年轻的信徒们，趁你们自己毫发未损，赶紧逃走吧。要是你们还不肯放开我的话，哼哼——"

"他们肯定早就准备好了这一切，以防这只古怪的鹦鹉被人抓住，"艾克说，"哎呀，天哪，这些古怪的小家伙们可真是狡猾啊！"

"要我说，咱们赶紧收拾他们一顿，带着这只鸟儿一走了之为妙。"厄尔勃催促道。

"对啊，就这么干。"艾克说道。

"快点收手，"凤凰坚定地重复道，"谁在奥尔德曼布里抢走了那位老人的钟表？"它变换了一种口气补充道，"谁在贝尔街上偷走了那个年轻女孩的手帕？这些都是谁干的……"

"安静，住嘴！"艾克说，"你！啊！呀！放开我。放开他，厄尔勃，它要把我的眼睛啄出来了。"

接着那里哀号一片，大家一团混战，凤凰使劲挥舞着翅膀，艾克和厄尔勃心急火燎地蹿上楼梯，凤凰则穿过门口，风一样飞了出去。孩子们紧跟在后面，凤凰落在罗伯特身上，事后安西娅说它"就像是蝴蝶落在了玫瑰花上一般"，然后又轻松钻进了他的诺福克夹克衫中，西里尔事后评价说"像一条鳗鱼钻进泥土里一样"。

"你为什么不烧他们呢？你本可以这样做的，不是吗？"在他们慌里慌张地穿过狭窄的巷道，快要走到法灵顿街上的安全宽阔处时，罗伯特

H.R MILLAR 1908

问道。

"当然了，我可以烧他们，"凤凰说，"但是我觉得就为了这么点小事而大动肝火的话有失体面。毕竟，命运没有苛待于我。在伦敦的麻雀中，我有很多良师益友，上天还赐给了我嘴和爪。"

一路上发生的种种变故，多少动摇了孩子们冒险的决心，凤凰不得不竭尽全力地给他们鼓劲。

很快，他们来到伦巴底街上一座漂亮的房子前面，这栋建筑门口两侧在石头上雕刻着凤凰的形象，上面用金光闪闪的黄铜写着：凤凰火灾保险公司。

"等一下，"凤凰说，"火？我觉得是祭坛用的吧？"

"我不知道啊。"罗伯特说，他感到有些惭愧，这常常让他更加生气。

"噢，是的，你做的。"西里尔说，"人们的房屋被烧毁时，凤凰公司会给他们新房子的。爸爸跟我说过，我曾经问过他。"

"那么，这些房子也像凤凰一样，是从房子的灰烬中生成的吗？哦，让我的祭司为世人解忧！"

"世人会付钱的，你们都知道，"安西娅说，"但是每年只有很少一点儿。"她指的是保险费。

"那是用来养活我的祭司的，"凤凰说，"他们在危难之际治愈悲伤并重建房屋。继续朝里走吧，去见见大祭司。我不会带着夺目的光辉突然出现打扰他们的。正是因为他们为人们消灾

凤凰火灾保险公司

凤凰

解难，消除跛脚火神赫菲斯托斯的恶行带给人们的不快，所以他们高贵无比，值得我敬重。""我不知道你在说什么，我希望你不要再弄出什么新词来让我们更加云里雾里了。火灾只是顺其自然地发生，没有人会特意这么做——这可不是恶事，你知道的。"西里尔解释道，"如果有人故意作恶的话，凤凰公司就不会帮助他们了，因为故意放火是犯罪。就像用砒霜之类的东西将人毒死一样坏。爸爸跟我说，凤凰公司不会帮助这样的人。"

"我的祭司干得真不错，"凤凰说，

"带路吧。"

"我不知道怎么说。"西里尔说，其他人也纷纷表示无力解释。

"去要求见一见主祭司，"凤凰说，"表明你们要向他透露一个关于我的祭祀的秘密，这样的话，他就会带你们到最里面的圣殿里去。"

虽然四个孩子都不喜欢，但他们还是走了进去，站在一个道尔顿瓷砖装饰的宽敞而美丽的大厅中，就像是一个硕大无朋的美丽浴缸一样，只是没有水而已，雄伟华丽的柱石有力地支撑着屋顶。一个用褐色陶瓷做成的凤凰形象铺展在一面墙上，让人觉得格外别扭。里面摆着一些红木和黄铜做成的柜台和桌子，职员们有的正在伏案辛勤工作，有的则在柜台后面忙来忙去。里面的门上挂着一个巨大的钟表。

"要求见一见主祭司。"凤凰小声说。

一位穿着优雅黑色西装的职员注意到了他们，他并未发出只言片语，眉毛忍不住挑了挑，径直向孩子们走过来。他在柜台上探出身来，孩子们觉得他可能会像服装店的店员一样说："我能为您做什么呢？"但是这位年轻人却说："你们要干什么？"

"我们想要见一见大祭司。"

"去去去，你们这些小家伙。"年轻男人说。

一位年纪略长，也身穿黑色西装的男士缓缓走了过来。

"可能他们要找的是××先生（这名字我可不会写出来），

你知道的，他是共济会大祭司。"

一个勤杂工被派去寻找××先生（我不能写出他的名字），孩子们留在那儿等待，他们四处打量着这个地方，红木桌后面工作的所有职员都好奇地盯着他们。安西娅和简觉得这些人看起来很和善。而男孩子们却觉得他们直勾勾地盯着自己，十分无礼。

过了一会儿，勤杂工回来报告说××先生（我可不敢泄露他的名字）外出不在。

这时，出现了一位真正和颜悦色、让人喜欢的绅士。他留着胡须，一双眼睛欢快而和善，四个孩子立即就明白了这位先生自家也有孩子，能够充分明了他们所说的话。但是，一切仍旧非常难以解释清楚。

"怎么了？"这个男人问道，"××先生（他的姓名我绝不会透露）外出办事去了。我可以为你们做点什么吗？"

"到里面的圣殿。"凤凰小声说道。

"请您再说一遍。"这位和善的绅士以为是罗伯特说的，因此很客气地对他说道。

"我们有些事情跟您说，"西里尔说，"但是……"他看了看勤杂工，这个人还在，而且靠得有点过于近了，"这个地方人太多了。"

和善的绅士哈哈大笑。

"那么到楼上来吧。"他边说边领着大家走上了宽大又美丽的楼梯。安西娅说楼梯是用白色大理石制成的，但是我不是太确定。在楼梯的角柱的顶部，用黑色金属精雕细刻的漂亮凤凰形象映入眼帘，每面墙上也都有一个扁平的凤凰图案。

和善的绅士将他们领到一间房子里，那里的椅子甚至桌子上都蒙着浅红色的漂亮皮革。他眼里全是探寻的眼神，和善地看着孩子们。

"千万别害怕，"他说，"告诉我，你们到底想要什么啊?"

"能把门关上吗?"西里尔问道。

绅士看起来十分惊讶，但还是满腹疑虑地关上了门。

"现在，"西里尔确定地说，"你可能会觉得那不是真的，我们肯定是精神错乱了，但是并非如此，我们说的都是真的。那就是我的弟弟，他叫罗伯特。他的夹克衫里有样东西……现在，请您千万别感到不安，也不要大惊小怪，当然，尊敬的先生，我们知道，你们将自己的公司命名为'凤凰'时，从未想过真的有凤凰，但是，确实有凤凰——罗伯特把它放在胸前了，用纽扣扣着!"

"如果是一件凤凰形状的老古董的话，我敢说董事会……"这位和善的绅士在罗伯特笨手笨脚地解开自己的纽扣时慢条斯理地说道。

"我们的凤凰已经足够老了，"安西娅说，"按照它的话说是这样，但是……"

"我的天哪!"和善的绅士喊道，因为他看到凤凰缓慢扭动

了一下，然后突然间振翅高飞，冲出了罗伯特胸前的巢穴，优雅地站在了蒙着皮革的桌子上。

"这只鸟真是光彩夺目，格外漂亮啊！"他接着说道，"我可从来没见过这样好看的鸟儿呢。"

"我觉得你是没有见过。"凤凰倨傲地说。

"哦，这只鸟儿还学会了说话！这是不是某种鹦鹉啊？"这位绅士大惊失色。

"我是你们这儿的首领，我来到供奉自己的庙宇，接受你们的膜拜。我可不是什么鹦鹉，"凤凰那弯曲的鸟嘴充满不屑地撇了撇，"我是仅有的一只凤凰，我要求我的大祭司来表达对我的敬意。"

"我们的经理不在，"和善的绅士慢条斯理地说道，就像是应对什么重要的客户一样，"我们的经理不在公司，我或许可以……哦，我在说些什么呀？"他变得面如土色，有点慌张地擦了擦自己的额头。"亲爱的孩子们，"他说道，"这天气在这种时节显得过于热了，我感觉有些不适。你们知道吗，有那么一会儿我真的觉得你们那只卓尔不群的鸟儿开口说话了，表示自己是凤凰，另外，我不得不相信这一点。"

"先生，它确实说话了，"西里尔肯定地说道，"您也确实听到了。"

"它真的……天哪，让我来。"

这时铃响了，勤杂工又出现了。

"麦肯齐，"和善的绅士说道，"你看到那只金光闪闪的漂亮鸟儿了吗?"

"先生，看到了。"

这位绅士长叹了一口气，放心多了。

"那么，那只鸟儿是真实存在的了?"

"是的，先生，它当然是真实存在的。你可以把它放在手上呢，先生。"勤杂工满含同情地对绅士说，边说边把手伸向凤凰，凤凰不断地向后缩着身体，脚趾因为愤怒和不安而紧缩着。

"快点住手!"凤凰大喊道，"你竟敢妄想用自己的脏手摸我?"

勤杂工恭敬地行了一个礼。

"请原谅，先生，"他恭敬道，"我以为您是一只鸟呢。"

"我是鸟儿——是特别的鸟儿——我是凤凰。"

"当然，您是的，先生，"勤杂工说，"我刚喘上气来，一开始就看出来了，先生。"

"那就好。"和善的绅士说道，"请帮我把威尔逊先生和斯特里先生叫到楼上来。"

斯特里先生和威尔逊先生上来后大吃一惊，一时间有些不知所措，但很快变得深信不疑。让孩子们喜出望外的是，这家公司的每个人都对凤凰的话深信不疑，除了刚开始有点震惊之外，人人都觉得凤凰还活着是再自然不过的事情，而且还认为当凤凰经过伦敦时，到供奉自己的庙宇中探访是理所当然的

事情。

"我们必须举行些仪式才好。"最和善的那位绅士有些焦虑不安地说道，"这时候恐怕没有时间召集董事和股东了——召集他们可能得要明天了。是的，最好就在董事会会议室举办仪式吧。我可不想让凤凰觉得，它纡尊降贵，以如此亲切友好的方式来看望我们，我们却没能竭尽全力地以最高规格的礼仪来招待它。"

孩子们简直难以相信自己的耳朵，因为他们从未想到，除了他们自己以外，还有其他人会相信凤凰。公司里的每个人都三两一群地被叫了过来，当凤凰张嘴说话的瞬间，其中最聪明的人就瞬间被说服了，那些不太聪明的人更是深信不疑。西里尔心中暗自猜测第二天的报纸上会怎么描述这件事。他仿佛在街上看到了四处张贴的海报：

> 凤凰火灾保险公司，
> 凤凰莅临供奉庙宇，
> 欢聚一堂欢迎凤凰。
> 经理员工惊喜若狂。

"抱歉，我们要离开一会儿。"和善的绅士说道，他和其他人一起离开了。透过半开半闭的门，孩子们可以听到楼梯上人来人往的脚步声，欣喜若狂的声音，嗡嗡解释、建议、争吵的声音，还有笨重的家具被挪来挪去的噪音。

凤凰在蒙着皮革的桌子上大摇大摆地走来走去，回过头，越过自己的肩膀，看着自己美丽的背部。

"你们看到了吧，我就是有一种让人信服的力量。"凤凰充满自豪地朗声说道。

这时，一位年轻的绅士走进来，俯身行礼，恭谨地说：

"一切都准备就绪了——时间太仓促，我们已经竭尽全力了，会议——欢迎仪式——会在董事会会议室隆重举行。尊敬的凤凰阁下，您是否可移步——只有几步路而已——或者是否可以——采用其他什么交通方式过去呢？"

"我亲爱的罗伯特会带我去董事会会议室的，如果这就是我的庙宇名称的话，可真是够难听的，不太让人满意呢。"凤凰回答道。

于是，他们都跟着这位绅士走了过去。董事会会议室里有一张气派的大桌子，但是被推到了一边的长窗下面，椅子绕着房间排成一排——就像是在学校里用放映机放映《我们的东方帝国》或《海军行为准则》时的布局一样。雕花木门非常漂亮，上面镌刻着一只凤凰的形象。安西娅注意到前排的椅子正是妈妈非常喜欢的款式，她曾经在旧家具店中询问过价格，但是却一直没有买，因为每张椅子差不多要二十英镑。壁炉架上放着一些笨重的青铜蜡烛台，还有一座钟，在钟上面，也有一个凤凰的雕像。

　　"把那个雕像取下来。"凤凰对站在那儿的一位绅士说。很快，那个雕像就被急忙取了下来。然后，凤凰直接飞到了壁炉架的中间，神态倨傲地站在那里，比以往任何时候看起来都要金光闪闪。接着，这栋楼和这家公司的所有人都来到屋里——从收银员，到在房子顶层美丽厨房里为公司职员烹饪餐食的厨娘，一个不落地向凤凰恭敬地鞠躬行礼，然后坐在了椅子上。

　　"先生们，"最和善的那位绅士恭敬地说道，"今天，我们在这里相聚……"

凤凰不断地转头，鸟嘴从一边挪到另一边。

"我怎么没看到供奉香火呢？"凤凰委屈地四处嗅了嗅说道。大家紧急磋商了一番，最后从厨房拿来几个盘子。盘子上放着糖、封蜡，还有一些烟草，人们还从一个方瓶中倒了一些东西在上面，然后用火柴点燃。这是在凤凰公司里唯一可用的香火，它很快地燃着了，然后冒出浓浓的烟。

"我们今天在这里欢聚，"绅士再次说道，"是为了庆祝本公司有史以来最为重要的时刻。我们尊敬的凤凰……"

"这座建筑物的主人。"凤凰说道，声音空洞而嘹亮。

"我正要提及这一点。我们尊敬的凤凰，这座古老建筑的主人，终于眷顾我们，来到我们中间。我得说，各位，我们不能对这份眷顾视而不见，我们必须用坚定的声音欢迎我们长久翘首以待的主人莅临。"

很多年轻的职员想起来说"说得对，说得对"，但他们又很担心这让凤凰觉得他们对它不够尊重。

"我不会占用你们太长时间的，"发言人接着说，"只想概括介绍一下适当使用火灾保险体系的众多优势。我知道，你们也都很明白，先生们，我们的目标始终是不要辜负我们公司名称所用的这只大名鼎鼎鸟儿的名声，现在这只声名显赫的鸟儿纤尊降贵莅临我们的壁炉架，我们备感荣幸，蓬荜生辉。先生们，让我们欢呼三声，欢迎这座建筑的主人到来！"

欢呼声震耳欲聋。当欢呼声消散时，大家纷纷要求凤凰发

言，给大家说几句。

凤凰用无比优雅美妙的言辞描述了自己来到供奉自己的庙宇的愉悦心情。

"而且，"凤凰接着说，"我要求你们吟唱颂歌或合唱歌曲，你们可千万不要以为我喜欢你们诚心诚意的仪式，我只是习惯罢了。"

四个孩子相对无语，一言不发地见证了这奇妙的景象，只是有些焦虑不安地偷偷看着一群普通职员苍白的面孔。在孩子们看来，凤凰要求的确实有点太多了。

"时间紧迫，"凤凰说，"原版祈祷颂恐怕太长了，而且用的还是希腊语；而我已经身在这里，无须再将我唤醒，你们就没有什么自己的颂歌用在像今天这样伟大的日子里吗?"

经理开始心不在焉地唱起歌来，其他人也逐渐加入进来——

绝对安全!
不担责任!
所有财产承保
防止火灾侵扰。
条款最是优惠，
花费最为合理，
年度保费适中
……

"这首歌我可不喜欢，"凤凰打断道，"我觉得你们是不是忘记了一部分。"

经理很快又开始唱另外一首——

哦，金色的凤凰鸟，最为公平的鸟儿，
我们所做的伟大事迹，
传遍世界的每个角落，
伟大的凤凰鸟，呈上我们的无限敬意。

"这首好多了。"凤凰满意地说。

大家齐声唱道——

一级保险，承保私人房产，
家庭用品和店铺尽皆在内，
砖头或石头修建即可，
厚厚的瓷砖和板岩造就也可。

"唱另一篇吧，"凤凰吩咐道，"接着唱。"

会议室中再次响起所有职员和工友，还有经理、秘书以及厨娘的声音。

在苏格兰，我们赔偿

田野中烧毁的成堆庄稼。

"跳过这一篇。"凤凰吩咐道。

茅草小屋和里面的所有财物，
都是我们的业务——租金收入，也在其中，
哦，光彩照人的凤凰，快来看一看，
这些都是三级保险的业务。

您的庙宇如此辉煌壮丽，
参拜和歌颂的人员如此众多，
我们采取了善意而明智的做法，
设定"宽限日期"好好做生意。

当人们的家中遭遇火灾，
他们身无分文，
若他们已履行己任，
哦，凤凰，让我们表达对您的敬意。

让我们提高调门，放声歌唱，
歌颂我们伟大的凤凰。
不管是一级、二级还是三级保险，

哦，都请你信赖凤凰，它善良无比！

"我相信你们很善良，"凤凰说，"现在，我们必须得走了。感恩跟你们共度的愉快时光，我非常开心。祝你们生意兴隆，财源广进，我从来没有见过比你们更和善的寺庙人员，也从来不敢期待能遇到你们这么出色的人才。"

凤凰展翅飞到罗伯特的手腕上，带着四个孩子走出了会议室。公司的全体员工跟着走下宽大的楼梯，各自回到自己平时的工作岗位上，两位最重要的管理人员站在台阶上鞠躬致敬，直到罗伯特将金色的鸟儿小心地放在诺福克夹克衫里，扣上纽扣，凤凰和罗伯特，还有另外三个孩子逐渐消失在了茫茫人海中。

两位身份最为重要的先生诚挚地对看了一眼，都觉得有些惊奇，然后又返回到神圣的内室中，为了公司的利益片刻不停地辛勤工作着。

然后，所有人都在自己的工作岗位上尽职尽责地开始了工作——经理、秘书、办事员和勤杂工——他们都重新开始工作，个个小心翼翼地打量着四周。人人都觉得自己刚刚美美地睡了一觉，做了一个关于凤凰和董事会会议室的奇怪的梦。当然，没有人对别人提起这个古怪的梦，因为在公司睡着可是不应该有的行为。

董事会会议室恐怕是最让人困惑不已的地方，盘子里还剩

着香火，这里可能立马向人们证明凤凰的到来其实并不是梦境，但是那天再也没人到董事会会议室了，而第二天，在公司开门之前，负责卫生的女士早就把这里打扫得干干净净，摆放得整齐又漂亮了，她可不是那种多嘴乱说乱问的人。正因如此，接下来两天，西里尔阅读报纸并没有看到关于这件事的只言片语，任何一个理智健全的人都不会想到将自己的梦境登到报上去，毕竟没有人愿意承认自己在白天的时候睡大觉。

凤凰非常开心，而且决定给自己写一首颂歌。凤凰觉得在庙宇里听到的那些颂歌显然写得太过于仓促了。它的颂歌开头是——

美貌无双，谦逊无比，
凤凰绝代，无人可及。

那天晚上，当孩子们上床睡觉时，凤凰还在尝试着把最后一段去掉一些词，达到合适的长度，同时又能完整表达自己想说的意思。

这正是写诗如此艰难的原因。

第六章　行 善

"这样的话，我们就一整周都没有办法坐魔毯出去了。"罗伯特抱怨道。

"我倒是乐见于此。"简说道，有点让人出乎意料。

"乐见于此?"西里尔说，"为什么乐见于此?"

此刻是早餐时间，妈妈在信里告诉他们，一家人都要到林德赫斯特的姑妈家中过圣诞节，爸爸和妈妈会在那儿跟他们见面。大家轮流读过信后，把它放在桌子上，信的一角在喝着腊肉汤，另一角在享用着果酱。

"是的，乐见于此，"简回答道，"现在，我可不希望再发生什么其他事情了。当一周有三个聚会要参加的时候，我觉得你们也乐见于此吧——就像我们曾经在祖母家度过的日子一样——不出格的事情、各种各样的玩具，还有巧克力等各种美食。我希望一切都是真实存在的，再也不要发生什么虚幻的事情了。"

"我不喜欢向妈妈隐瞒事情，"安西娅说道，"虽然我也不知

道原因，但是这让我觉得非常自私和卑鄙。"

"如果我们能让妈妈相信的话，就可以带着她到最有趣的地方去了。"西里尔体贴地说道，"可现在这样，我们就只好自私和卑鄙了。其实我觉得并非如此。"

"我知道不是，但感觉是。"安西娅说道，"反正都是一样糟糕。"

"如果你知道是，但又不认为是，那才更糟糕呢。"罗伯特说。

"爸爸说，这属于不知悔改的惯犯。"西里尔说着，拿起妈妈的信，用手帕擦拭着。信的边角跟别处的颜色略有差异，不知道谁的腊肉汤和果酱沾在了上面。

"无论如何，我们明天就要出发了。"罗伯特说，他脸上一副乖宝宝的神情，"咱们就不要身在福中不知福了，别在这里浪费时间讨论瞒着妈妈是多么不应该，大家又不是不知道，安西娅想尽了办法告诉妈妈这个秘密，可是妈妈始终都不愿意相信啊。我们还是坐上魔毯，许个美好的愿望吧。下一周，你们有充足的时间为这些事情忏悔。"

"是的，"西里尔说，"咱们来许愿吧。咱们也没有完全做错。"

"那么，快看看这儿，"安西娅说道，"圣诞节就是会让你变得更好——不管你在其他时候对此是多么心不甘情不愿。我们可以许愿让魔毯带我们到有机会行善积德的地方去吗？这样的话也是一次历险啊。"她恳求道。

"我同意,"西里尔说,"我们不知道自己会到哪里去,这太让人兴奋了。没有人知道会发生什么。为了以防万一,咱们最好穿上出门的衣服。"

"我们可能拯救埋在雪中的出行者,就像圣伯纳犬一样,把颈圈拴在咱们脖子上。"简说道,她也开始感兴趣了。

"或者,我们到达的时候正好见证一份遗嘱的签署——请再给我倒点茶。"罗伯特说,"我们会看到一位老人将遗嘱藏在秘密橱柜里,然后在多年以后,当适当的继承人深陷绝望时,咱们就可以带他到隐藏的镶板那里……"

"是的,"安西娅打断道,"又或者,咱们可以被带到德国城镇上某个天寒地冻的阁楼里,那里住着一个饥寒交迫的贫穷小孩……"

"咱们可没有德国货币,"西里尔打断道,"不能到那儿去。我想要去参加一场战争,掌握一些秘密情报,并把它送到将军那里,他可能会任命我担任副官,或侦察兵,或者轻骑兵。"

当早餐被一扫而空时,安西娅认真地打扫了一下魔毯,孩子们争相坐在上面,当然还有凤凰。凤凰是特地应邀而来的,这是圣诞节的特殊款待,它要跟着孩子们一起去,以见证他们即将要做的行善积德之事。

四个孩子还有凤凰都准备好了,大家也许下了愿望。

每个人都闭上了眼睛,这样的话,魔毯飞行带来的那种天

旋地转的感觉就能降到最低。

当孩子们重新睁开眼睛时，他们发现自己还是坐在魔毯上，而魔毯仍旧铺在卡姆登镇他们家儿童室的地上。

"我说，"西里尔说，"出发吧！"

"你觉得是不是魔毯已经疲惫不堪了？我指的是它能实现许愿的那部分。"罗伯特焦虑地询问着凤凰。

"不是那样的，"凤凰回答道，"但——呃——你们许的什么愿望啊？"

"噢！我明白是什么意思了。"罗伯特说道，语气中带着深深的厌恶，"这就像是周日杂志中某个童话故事般的结局。真是让人忍无可忍！"

"你指的是魔毯希望我们在自己所在的地方积德行善？我明白了。我觉得它是希望我们为厨娘搬煤，或为那些衣不蔽体的野蛮人制作衣物。哦，我就是不愿意这么做。反正不管怎样就是不愿意。听着！"西里尔大声而坚定地喊道，"我们想要到一些真正有趣的地方去，并且能积德行善，我们不希望在这儿积德行善，而是到其他地方去。明白了吗？现在，咱们出发吧。"

言听计从的魔毯立马就开始行动了，四个孩子和一只鸟跌作一堆，头朝下坠入一片彻彻底底的黑暗之中。

"你们都在吗？"安西娅气喘吁吁地问道，声音从黑暗中传来。每个人都应声表示自己在。

"我们这是在哪里啊？哦！这里真是又潮湿又寒冷啊！啊！

呸！哦！——我的手陷入水坑里去了！"

"有谁带了火柴吗？"安西娅绝望地问道。她觉得肯定没有人带着火柴。

就在这时，罗伯特得意地在黑暗中一笑，可惜在黑暗中大家什么都看不到。罗伯特从口袋中拿出一盒火柴，点燃了两根蜡烛。每个人都大吃一惊，惊讶地张大了嘴巴，在突如其来的明亮光线下不适地眨着眼睛。

"做得好，亲爱的罗伯特。"他的姐妹们赞扬道，就连西里尔那种自然的兄长般的感觉都忍不住赞赏罗伯特的先见之明。

"自从上次无顶高塔之行后，我随时都带着它们，"罗伯特深以为傲地说道，"我就知道总有一天需要这些东西。我保密工作做得很好吧？"

"哦，是保密

得很好，"西里尔打趣道，"星期天我在你的诺福克夹克衫里摸索着找那把我借给你的小刀时就发现了这些。但我以为你只是偷带着这些东西用来玩中国灯笼，或者是在床上看书用的。"

"罗伯特，"安西娅突然说道，"你知道咱们是在哪儿吗？这里是地下通道，看看那里——那里是钱和钱袋，应有尽有。"

这时候，十只眼睛已经习惯了蜡烛的光线，每个人都看得到，安西娅说得没错。

"到这里来积德行善的话，未免有点太奇怪了，"简说道，"没有人可以让咱们积德行善啊。"

"你们别那么确定。"西里尔说道，"也许就在下一个拐弯处，咱们就能找到一个囚犯，被困于此多年，我们可以用魔毯把他带出去，让他和自己悲伤不已的朋友们相聚。"

"当然了，咱们肯定能做到。"罗伯特说着站起来，将蜡烛举过头顶，以便看得更远，"或者我们可能发现可怜囚犯的尸骨，将其带给他的朋友，然后好好安葬——书上常常记录这样的善行，但是我不明白，尸骨有什么要紧的。"

"我不希望你找到什么尸骨。"简说。

"我还准确地知道在哪儿能找到尸骨。"罗伯特接着说道，"你看到走廊旁边的黑暗拱门了吗？是的，就在那里面……"

"如果你还继续这样，"简蛮横地说道，"我就要尖叫了，我可能还会晕倒——现在什么都不许说了！"

"我也是。"安西娅说道。

罗伯特的异想天开被中途打断了，他郁闷至极，有些闷闷不乐。

"你们这些女孩子永远也成不了伟大的作家。"他生气地说，"作家就喜欢想象地牢中的那些东西，什么链子啊、光秃秃的人骨啊，还有……"

简张开嘴打算放声尖叫，但还没决定好怎么晕倒时，昏暗中传来凤凰震耳欲聋的声音。

"安静！"它说道，"这里没有什么尸骨，除非是你们那小小的身躯留在这里。你们邀请我一起出来不是听你们讨论尸骨的吧，你们是邀请我来见证你们积德行善的。"

"我们在这里可没法做好事。"罗伯特闷闷不乐地说道。

"并不是，"鸟儿回答道，"我们在这儿能做的唯一一件事好像就是想方设法吓唬我们的两个小妹妹了。"

"他并不是要这样做，真的，而且我也不是那么小。"简徒劳地解释道。

罗伯特沉默不语。西里尔则建议也许他们可以带着钱一走了之。

"这除了对我们自己有好处之外，根本算不上什么善举，而且不管怎么看，带走不属于咱们的钱，也不是一件好事。"安西娅说。

"我们可以把钱带走，造福穷人和老人。"西里尔说。

"那也不能将偷窃变成义举。"安西娅坚定地说。

西里尔说:"偷窃是拿了属于别人的东西,这儿又没有别人。如果是拿它们来帮助别人,就不能算是偷。"

"是的。"罗伯特语带讥讽,赞同道,"一整天都站在这里争论的话,只会消耗完蜡烛而已。当周围一片黑暗的时候,你们肯定会喜欢的——哦,还可能有尸骨。"

"那咱们先出去吧,"安西娅说,"我们可以边走边讨论。"因此,他们把魔毯卷了起来,向前走去。他们匍匐着一路前行,沿着通往无顶高塔的通道一直向前走,然后发现路被一块大石头挡住了,他们怎么都移不开。

"这下好了!"罗伯特说。

"万物都有两面,"凤凰温柔地劝说道,"争论和秘密通道也不能免俗。"

因此,他们拐弯往回走,因为罗伯特最先开始讨论尸骨什么的,因此他拿着一根蜡烛走在前面。西里尔则扛着魔毯。

"我多希望你们从来没提起过什么尸骨啊。"简边走边说。

"我没有啊,你本来就有骨头啊。你身上的骨头可是比大脑里多多了。"罗伯特说道。

通道很长很长,有很多拱门和台阶,还有很多拐弯和壁龛,女孩们可不愿意从这样的地方经过。通道的终端是一段台阶。罗伯特走上了台阶。

突然,罗伯特猛地向后倒退,狠狠踩上了简的脚,大家一阵尖叫:"哦!怎么了?"

"我撞到头了。"罗伯特说，他痛苦地呻吟了片刻，"好了，别提这事了，我喜欢这种感觉，台阶一直连接到天花板，这是石质天花板。你总归无法在石块下面积德行善。"

"一般来说，台阶不可能只是通往石头顶而已。"凤凰说道，"努力加油吧。"

"这里没有什么可加油的。"受伤的罗伯特仍旧挠着自己的头喃喃道。

西里尔越过罗伯特走到台阶最上面，费尽九牛二虎之力推上面的石头。石头还是纹丝不动。

"如果这是一个活动门的话……"西里尔说道，他不再使劲

推动，开始用手四处摸索。

"果然，这里有个我弄不动的门闩。"

真是幸运至极，西里尔的口袋里装着一个爸爸自行车上的油壶，他将魔毯放在台阶角落里，背躺在台阶上，头部在最上面一个台阶处，双脚则随便伸在自己的兄弟姐妹那里，他给门闩慢慢地上油，直到生锈的液滴和润滑油滴到他的脸甚至落到他张开的嘴里——他保持着一个不太自然的姿势，自己累得气喘吁吁，张大着嘴巴。接着，他又试了一次，但是这门闩仍旧纹丝不动。后来，他又将自己的手帕——就是带着腊肉汤和果酱的那块手帕——绑到了门闩上，接着把罗伯特的手帕也绑了上去，打了一个不管你用多大的力都不会松开，而且会随着你的拉动变得越来越紧的死结。这种结，可千万不能跟活结混淆，那种结恐怕多看几眼就要松开了。接着，西里尔和罗伯特使劲地拉着，女孩们则搂着自己的兄弟，也使劲朝后拉，突然之间，门闩竟然被拉动了，发出一阵生锈松动的嘎吱声，孩子们则一起骨碌碌滚到了台阶底部——当然凤凰在门闩刚一拉动的时候就已振翅飞走了。

多亏了卷好的魔毯挡住了他们下坠的趋势，这才使得每个人都没受什么伤，确实，男孩的肩膀这时发挥了很大的作用，他们将石头抬了起来。他们感觉到石头的松动，灰尘随意地落在他们身上。

"现在，开始!"罗伯特大声喊道，全然忘记了自己头上的伤痛和怒气，"一起推。一、二、三！"

石头竟然被抬起来了。石头嘎吱嘎吱地缓慢向上移动，仿佛十分不情愿，慢慢露出了一束越来越大的长方形耀眼光线，然后砰的一声向后倒去，撞到一个能让它保持竖直的东西后，就立在了那里。大家陆陆续续爬了出来，但是石头小屋里太小了，每个人都不能舒舒服服地站着，因此，当凤凰挥舞着翅膀从黑暗中飞上来之后，他们把石头放了回去，那里又像活动门一样落回原处，其实这里确实就是一道活动门。

你简直无法想象孩子们究竟有多么灰头土脸。好在除了他们几个人之外，没有人看到他们。他们所在的地方是一个小小的圣祠，就修建在蜿蜒曲折穿过黄绿田园通往无顶高塔的那条路边上。旁边是大片的田野和果园，到处都是光秃秃的树枝和灰褐色的田地，间或有一些小小的房子和花园。圣祠是一种没有前墙只是让人们驻足休息及祈祷平安的小型教堂。当然，这些都是凤凰告诉他们的。圣祠里有一张画像，曾经色彩明丽，但由于没有前墙，雨雪侵袭着画像，可怜的画像在雨雪夹击之下变得暗沉，褪去了明丽的色彩。画像下面写着："圣让德吕兹。衷心祈祷。"这是一个阴森的小地方，人迹罕至，荒僻冷清，但是安西娅觉得这地方不错，那些可怜的旅行者们在为自己的旅程奔忙担忧时，可以在这所小小的房子里平心静气地待上一会儿，稍微休息一下，想一想怎样行善。想起圣让德吕兹——毫无疑问，这位先贤在他那个时代是仁善之人——让安

西娅前所未有地希望做些积德行善之事。

"请告诉我们，"安西娅诚恳地请求凤凰道，"魔毯把我们带到这里到底要让我们做什么积德行善的事情啊？"

"我觉得应该找到财富的所有者，告诉他们这里的情况。"西里尔说。

"把财富全都给他们吗？"简问道。

"是的。但他们是谁呢？"

"我应该到第一所房子里，问一问城堡的主人是谁。"金灿灿的凤凰说道，它的这个主意似乎非常不错。

他们互相帮忙尽量掸掉身上的灰尘，梳洗一番后，继续上路了。走了一会儿后，他们发现了一汪小小的泉水，从山坡上咕嘟咕嘟地涌出来，落到一个粗糙的水池里，周围环绕着四处蔓延的荷叶蕨类，此地是一片破败，片绿难寻。孩子们在这里洗手、洗脸，用口袋里的手帕擦干净，他们身上太脏了，手帕显得很小。西里尔和罗伯特的手帕其实让他们越洗越脏。尽管如此，一群人也确实比之前看起来干净多了。

第一所房子是一间小小的白色房屋，配备了绿色的百叶窗和板岩屋顶。这座房屋矗立在一个齐齐整整的小花园中，整洁的道路两侧有一些大石瓶，用来养花，只是此刻都是残花败叶。

房子的一侧是一个用柱子搭成格子状，上面爬满了葡萄藤的宽大走廊。这条走廊比英国的走廊要宽很多，安西娅觉得当上面枝繁叶茂，葡萄硕果累累的时候，肯定是非常讨人喜欢的，但现在只有干枯的红褐色茎蔓，偶然有几片干枯的叶子嵌在中间。

孩子们快步走到前门处。这里一片绿色，极为狭窄。一条带着把手的链子悬在房子一侧，连着一个锈迹斑斑的铃铛，就悬挂在开放的门廊下面。西里尔拉动这只破旧的铃铛，铃铛嘤嘤作响的声音还未散去，西里尔突然想起一件可怕的事情，赶紧说了出来。

"糟糕！"他叹了口气道，"我们可是一点儿法语都不懂啊！"

就在这时，门缓缓打开了。一位瘦高的女士站在门口，灰白的鬈发，像是一张灰褐色的纸或者是橡树木屑一样，她突兀地站到了孩子们面前。她穿着一件十分难看的灰色衣服，围着黑色的丝绸围裙。这位女士的眼睛很小，脸色一片灰白，谈不上漂亮，眼眶有点发红，好像刚哭过一样。

这位女士用一种听起来像是外语的话对着孩子们叽里咕噜说了几句，最后一句话，孩子们确认了一个问题。当然，没有人能回答这个问题。

"她在说什么啊？"罗伯特问道，眼神却落在自己夹克的凹陷处，凤凰正栖息在那里。但是，还未等到凤凰回答，女士灰褐色的面庞燃起了一个极具魅力的微笑。

"你……你们来……来自英国！"她高声喊道，"我非常喜欢英国。进来，快！都进来吧。大家都在鞋垫上擦擦鞋吧。"她指着门口的鞋垫说。

"我们只是想要……"

"你们想了解什么我都告诉你们,"这位女士回答说,"进来就行了!"

因此,大家都进入房子,在门口一张十分干净的鞋垫上擦了擦脚,将魔毯放在了走廊里一个安全的角落。

"我一生中最美好的时光,"这位女士边关门边说,"都是在英国度过的。我很久没有听到过能唤起我过往回忆的英语了。"

这种热情似火的欢迎让每个人都有些尴尬不安,男孩子们尤其如此,因为门厅地板所铺的瓷砖红白相间,整洁无比,客厅里的地面则是闪闪发亮——就像是一面黑色的镜子——大家的脚映在地板上,像是出现了更多的靴子,它们的声音仿佛比平时更吵闹了。

灶台边,木头燃烧着一簇小小的火焰,格外明亮——一小堆木柴整整齐齐地码在旁边的柴架上。灰白的墙上挂着一个椭圆形的相框,里面是几张擦脂抹粉的女士,还有几位绅士的肖像。壁炉架上有一个银质烛台,还有一些桌椅板凳,桌腿细长,显得格外雅致。房间显得十分空旷,这种空旷充满了异国他乡的明丽感觉,让人十分舒适愉快,给人以独特的感受。光洁明亮的桌子的另一端有一个看起来与英国人差别极大的外国小男孩,端坐在一个高背脚凳上,那张凳子看起来可并不舒服。他穿着黑色天鹅绒衣物,衣领款式独特——到处都装饰着褶边和花边——这种款式,罗伯特恐怕宁死也不会穿的,但话说回来，这个法国小男孩可比罗伯特小多了。

"哦，真是漂亮啊！"每个人都说。但大家指的都不是这个穿着天鹅绒灯笼短裤、留着天鹅绒般可爱短发的小小法国男孩。

大家赞叹的是一株很小很小的圣诞树，枝叶翠绿，种在一个鲜红的小花盆里，四周挂满了光彩夺目的小东西，由金属箔片和五彩纸张制成。树上还燃着小小的蜡烛，但是并未点燃。

"是的。它是不是有点太过艳丽了？"女士问道，"大家快来坐下吧。"

孩子们坐在靠墙的一排硬椅子上，这位女士在木头燃烧的火焰上点燃了一根细长的红色蜡烛，然后拉上了窗帘，并且把那些精巧的小蜡烛也逐个点燃了。当这些蜡烛都亮起来后，小小的法国男孩突然大声嚷了出来："多么好看啊！我的姑妈！"这些英国孩子也跟着高呼"万岁"。

接着，罗伯特的胸口处一阵挣扎，凤凰挥舞着翅膀探出身子——伸展开自己金光闪闪的翅膀，飞向圣诞树的顶端，并且落在那里。

"哎呀！快，抓住它，"女士喊道，"它会把自己烧着的……"

"它不会的，"罗伯特说，"谢谢您的关心。"

法国小男孩拍着自己干净又漂亮的小手，但是，那位女士有些焦虑不安，因为凤凰展翅飞了下来，在锃亮的胡桃木桌上淡定地走来走去。

"这只鸟儿会说话吗？"女士问道。

凤凰则用流利的法语进行回答。它不紧不慢地说道："一点不错，太太！"

"哦，这是一只多么漂亮的长尾小鹦鹉啊，"女士说道，"它还会说点什么其他的吗？"

这一回，凤凰用英语回答道："圣诞节就要来临，您为何如此悲伤？"

孩子们又害怕，又吃惊，抬起头看着，因为他们中即使是最年幼的孩子都知道，提及陌生人哭泣可不是什么礼貌的行为，更别说询问别人哭泣的理由了。不出所料，这位女士说了一句凤凰是只没良心的鸟儿后，再次开始哭泣，而且哭得非常伤心。这位女士怎么也找不到自己的手帕，安西娅赶紧递上自己的，其实这手帕仍旧很潮，完全发挥不了什么作用。她还很贴心地抱住了这位女士，这似乎比手帕更有用，后来女士止住了哭泣，找到自己的手帕，擦干了眼泪，热情地称赞安西娅是可爱的天使。

"我很抱歉在您如此悲伤的时候来打扰您，"安西娅说道，"但我们确实只是想来问问，那座山上的城堡到底是谁的。"

"哦，我可爱的小天使，"可怜的女士吸吸鼻子说道，"如今，且数百年来，城堡都是属于我们家族的。不过明天，我就得把它卖给一些陌生人了——我的小亨利啊，他一无所知，却永远跟这块地无缘了。可你们问这些干什么呢？亨利的爸爸，也就是我的兄长——侯爵先生——花了太多太多的钱，卖掉城堡恐怕势在必行，虽然家族荣誉难舍，但恐怕我那身在天堂的父亲也——"

"如果你们发现很多很多钱的话，我指的是成千上万的金币的话，你觉得怎么样？"西里尔急切地问道。

女士悲戚地笑了笑。

"啊！有人给你讲过那个传说了吗？"她说，"唉！有人说很久之前，我们的一位祖先曾经藏起了很多财富——全部都是一堆、一堆、一堆的金子——足够让我的小亨利锦衣玉食一辈子了。但是，亲爱的孩子们，所有那一切不过都是传说……"

"她说这只是传说，"凤凰小声对罗伯特说，"快把你们发现的告诉她。"

因此，罗伯特就把他们发现的情况告诉了这位女士，安西娅和简则抱着这位女士，害怕她因为狂喜而晕倒，就像书中所写的那样，他们带着真挚、无私的喜悦，开心地抱着这位女士。

"跟你说我们怎么进去的也没什么用，"罗伯特讲述如何发现宝藏时说，"你可能会觉得有点难以理解，恐怕更难以相信。但我们可以向您展示黄金放在哪里，并帮助您取出来。"

女士疑虑重重地看着罗伯特，茫然无措地回应着女孩们的拥抱。

"不是的，他并不是在编故事，"安西娅说，"这是真的，真的，真的！我们非常高兴。"

“你们可不能糊弄一个老女人啊，”她说，“这不可能，这肯定是一场梦。”

“这完全是真的。”西里尔说。他彬彬有礼的口气似乎比其他人兴高采烈的语调更让人信服。

“如果我没有做梦的话，”她说，“我要把亨利送到玛农那儿去，你……你们跟着我到牧师先生那里去一趟吧。可以吗？”

玛农是一位皱纹满面的老太太，头上包着一块红黄相间的手帕。她领走了亨利，这个孩子还在沉睡，沉浸在圣诞树和客人们带给他的狂喜之中。接着那位女士穿上挺括的黑色披风，戴上精美的黑色丝绸软帽，还在自己的黑色羊绒室内靴外面套上一双木屐，然后一群人朝着一栋小小的白色房子走去（那栋房子和他们刚刚离开的房子十分相似），那里有一个年迈的神父，满面慈善之色，彬彬有礼地欢迎大家的到来，这礼貌正好很好地掩饰住了他的惊讶之色。

这位女士，用颤抖的法语讲述着这个故事。而对英语一无所知的神父，耸动着肩膀，挥舞着双手，一直用法语作答。

“他认为，”凤凰小声说，“她遇到的麻烦导致她脑子出问题了。你们一点儿不懂法语，真是太可惜了！”

“我其实懂不少法语呢。”罗伯特愤愤不平地说，“但都是关于园丁儿子的铅笔，以及面包师侄女的削笔刀之类的，净是些人们不会说的话。”

“如果我说话的话，”凤凰小声说道，“他恐怕得认为自己也疯了。"

"告诉我怎么说。"

"你就说……"凤凰告诉罗伯特法语的说法,"这是真的,先生。你就去看看吧。"然后罗伯特突然开口说话了,声音洪亮、字字清晰,赢得了大家的一致敬重。

当神父发现罗伯特的法语开头和结尾都言之有物、无可挑剔时,他觉得如果女士要是发疯了的话,她恐怕不是唯一发疯的人,因此,他戴上自己的海狸皮帽,拿上火柴和蜡烛,还带了一把铁铲,一群人径直沿着圣让德吕兹圣祠旁边的路朝着山上走去。

"现在,"罗伯特说,"我会走在前面,告诉你们在哪儿。"

他们一起用铁铲的一角撬起了大石头,罗伯特走在最前面,其他人都跟在后面。就在他们离开的地方发现了那些金光闪闪的宝藏。每个人都因为完成了这样不可思议的善举而心中充满狂喜。

女士和神父就像法国人常做的那样拉着手,喜极而泣,跪到地上,触摸着这些金币,两个人叽里呱啦地在谈着什么,女士把每个孩子都热情地抱了三次,称呼他们是"小小守护天使",接着女士又和神父高兴地握着手,一直交谈,语速非常快,比你能够想象的更具有法国韵味。

"现在快走吧。"凤凰温和地提醒道,一句话惊醒了大家的美妙梦境。

孩子们悄悄地离开了，女士和神父喜不自胜，泪流满面，开心地交谈着，并未注意到守护天使已经离开了。

"守护天使"们从山上下来，到了女士所住的那栋小房子里，他们把魔毯放在了那里的走廊上。他们展开魔毯，说了一声"回家"，便悄无声息地回家了，除了小亨利之外没人看到，这个小家伙百无聊赖地紧贴着玻璃玩耍，小小的鼻子俨然成了一颗白色的小纽扣。当他尝试把自己见到的情景告诉姑姑时，姑姑却认为那是他的梦境而已。一切都是如此顺利。

"这恐怕是咱们做过的最好的事情了，"大家在下午茶时间谈起这件事时，安西娅说道，"未来，咱们只用魔毯来行善吧。"

"嗯!"凤凰说。

"请再说一遍。"安西娅奇怪地说道。

"哦，没什么，"凤凰说，"我只是在思考而已!"

第七章　波斯猫

　　当你听说四个孩子自己待在滑铁卢车站，无人照管，也没人来接他们的话，你可能会觉得他们的父母真是算不上和善，更谈不上细心。但若你这么想的话，就大错特错了。实际情况是，当他们从林德赫斯特度完圣诞假期归来时，妈妈安排了艾玛姑姑来滑铁卢车站接孩子们。火车的时间是固定的，只是日期不确定。妈妈写信给艾玛姑姑，仔仔细细地把日期和时间告诉了她，还详细地叮嘱了行李、出租车还有其他的诸项事宜，并且把信给了罗伯特，让他负责去邮寄。但是那天早晨，猎犬正好会集在鲁夫斯·斯通附近，它们正好碰到了罗伯特，罗伯特也看到了它们，瞬间就把给艾玛姑姑寄信的事情忘得一干二净，之后再也没想起来过，直到他和其他孩子在滑铁卢车站来来回回走了三趟——总共六次——并且撞上了一位老先生，瞪大了眼睛扫视着各位女士的脸，被那些行色匆匆的人推搡，还被那些推着手推车的搬运工吆喝了无数次"让一让"之后，他

152

们终于确定艾玛姑姑根本就没来。之后，罗伯特才想起自己忘记做的事情，他说道："哦，哎呀呀！"他张大了嘴愣在那里，不小心被一个两手各拎着一只轻便旅行箱，一只胳膊下面夹着一把雨伞的搬运工重重地撞到。罗伯特甚至没来得及说一句"你这是朝哪儿乱撞呢"或"你朝哪儿走呢，看着点走路行吗"，那只较重的旅行箱就狠狠撞在了他的膝盖上，他踉跄了一下，什么都没有说。

当其他孩子弄明白了事情的原委，我想他们肯定把对罗伯特的看法一五一十地告诉了他。

"我们必须搭乘火车到克里登去，"安西娅建议道，"到那儿去找艾玛姑姑。"

"是啊，"西里尔说，"那些杰文斯家的人看到咱们和咱们这一堆行李估计要高兴坏了。"

艾玛姑姑确实是和那些非常整洁的杰文斯家族的人待在一起。他们都是中等年纪，穿着精致的衬衫，喜欢午后场演出和购物，他们对小孩可不怎么感兴趣。

"我知道的，如果咱们回去，妈妈会非常高兴见到咱们的。"简说。

"是的，她是会很高兴，毕竟是因为罗伯特的错才没有见到艾玛姑姑的。难道我还搞不清这种事吗？"西里尔说，"此外，咱们可是没什么钱了。不对啊，咱们有足够的钱可以雇一辆四轮马车，但是没有足够的钱买票到新森林去。我们只能回到家

中。当他们发现我们已经稳稳当当回到家里的话，他们不会太生气的。你们知道，姑姑也是打算雇一辆出租马车送咱们回家的。"

"我认为咱们得到克里登去。"安西娅坚持道。

"艾玛姑姑肯定出去了，"罗伯特说，"我觉得，那些杰文斯家的人每天下午都会去剧院休闲的。此外，凤凰和魔毯还留在家里。我赞同叫一辆四轮马车送咱们回家。"

他们叫来了一位四轮出租马车车夫，这个人的马车是老式的那种，车底还铺着稻草。安西娅请他把大家小心地送回家中。车夫也确实做到了，他送孩子们回家所要的价钱，正是爷爷给西里尔过圣诞节的金币数量。但是西里尔绝不愿意屈尊就车费讨价还价，唯恐在他搭乘出租马车时，车夫以为他没怎么坐过马车。也是因为与此类似的原因，他让车夫把行李放在台阶上，一直等到四轮出租马车的车轮骨碌碌地走远了，他才赶紧去按门铃。

"你们知道的，"他把手放在把手上说道，"我们不希望厨娘和伊莱扎在车夫面前问咱们为什么单独回到家中，好像咱们跟小孩子似的。"

他按了按门铃，接着是叮叮咚咚的回响声，每个人都觉得可能应门要很长一段时间。不知道为什么，孩子们总觉得，家里有人听到铃声的时候，铃声总是非常特别。我也说不明白原因，但确实如此。

"我希望她们是在换衣服。"简说，

"太晚了，"安西娅说，"肯定五点多了。我希望伊莱扎去寄信了，而厨娘去看时间了。"

西里尔再次按响了门铃。门铃竭尽全力地向孩子们表明，家中确实空无一人。他们又敲了一次门，专心地听着。所有人都心灰意冷了。再也没有比在一个黑暗、潮湿的晚上锁在自己家门外更恐怖的事情了。

"哪儿都没有点燃的煤气灯。"简结结巴巴地说道。

"我希望他们又跟往常一样点着煤气灯就离开了，气流把灯熄灭后，他们都呼吸困难地躺在床上了。爸爸常常念叨，迟早总会有这么一天的。"罗伯特兴高采烈地说。

"咱们去找警察过来吧。"安西娅颤抖着建议道。

"然后，把咱们几个当成打算入室行窃的盗贼抓起来吗？——谢天谢地，还是不要了。"西里尔说道，"就在前些日子，我听爸爸读报纸时，说起有个年轻人，进到自己妈妈的房子里，警察以入室盗窃的罪名把他抓了起来。"

"我只希望煤气千万不要伤害到凤凰，"安西娅说道，"凤凰说过想要待在浴室柜中，因为仆人基本上不会打扫那里，所以我觉得那里还不错。但如果凤凰飞走了，被抓出来了，被煤气呛着了——除此以外，我们要是直接打开门的话，也可能窒息。我就知道咱们应该去克里登的姑妈那里的。哦，西里尔，我真希望咱们去了。现在咱们去吧。"

"快闭嘴，"她的哥哥言简意赅地喝道，"里面好像有慢慢开门闩的声音。"所有人都竖起耳朵，全神贯注地倾听着，大家都尽可能站在台阶上离门最远的地方。

门闩一直在嘎嘎地移动着，发出咔嗒咔嗒的声响。接着信箱的盖子自己掀开了——大家借助大门边上片叶不存的酸橙树上闪烁的微微煤气路灯光看过去——仿佛有一双金色的眼睛透过投信口朝他们眨巴着，鸟嘴谨慎地小声说道："只有你们吗？"

"是凤凰！"孩子们欣喜若狂地说，放下心里的不安，松了一口气，就像是某种如释重负的欢呼。

"嘘！"投信口传来声音，"你们家的仆人都出去寻欢作乐了。这道门的门闩对于我的鸟嘴来说有点太过坚硬。但是旁边放面包的那个架子上的小窗户并没有关上。"

"太好了！"西里尔说道。

安西娅补充道："亲爱的凤凰，我希望你在那儿等着我们。"

孩子们慢慢地挪到食品储藏室窗户那里。窗户在房子的一侧，那儿有一道绿色的门，上面标注着"送货入口"，常常是拴好的。但是若你把一只脚蹬到旁边你和隔壁人家之间的栅栏上，另一只脚踩着门的把手，恐怕你还没弄明白自己在哪儿，就轻而易举地进去了。至少对于西里尔和罗伯特来说，他们是这种感受，若非要说实话的话，就连安西娅和简也这么想。四个人很快就来到了这所房子和旁边那家房子之间一条石子窄巷中。

　　罗伯特弯腰弓背，西里尔踩在他背上，他穿着灯笼裤的膝盖跪在结实的窗台沿上。他率先钻进了食品储藏室，就像潜入水中一样。他进去的时候，两条腿在空中挥舞着，就像初学潜水时，腿挥舞的样子。

　　"快助我一臂之力。"罗伯特对他的姐妹们说。

　　"不行，你不要上去，"简坚定地说，"我可不想和安西娅两个人单独留在外面，周围一片黑暗，仿佛时时刻刻都会有什么东西冒出来似的。西里尔可以去打开后门。"

　　食品储藏室中突然亮起了灯。西里尔一直说是凤凰用自己的喙点燃了煤气灯，同时扇动着翅膀让光越来越亮，但他那时显然是太兴奋了，说不定是他自己用火柴点燃的，只是转眼就忘得一干二净。他打开门，让大家从后门进去了，然后重新闩上门。孩子们点亮了房子各

个角落里每一盏他们能找到的煤气灯。因为他们总是会忍不住想象，在这样一个沉寂的漆黑冬夜里，全副武装的窃贼可能随时都会出现。当你惧怕窃贼的到来，或类似的其他事情时，再也没有什么能比得上灯光给人的慰藉了。

当所有煤气灯点亮时，事情一览无遗，凤凰说的丝毫不差，伊莱扎和厨娘确实出门去了，家里除了四个孩子再没有其他人了，当然还有凤凰、魔毯，还有生活在儿童室壁炉两侧橱柜里的蟑螂们。这些蟑螂非常欢迎孩子们再次回来，特别是安西娅生起儿童室炉火的时候。但是，同往常一样，孩子们丝毫不把这些小小的蟑螂放在眼里。

我怀疑你们是否知道怎么点燃炉火？我指的不是怎么划着一根火柴，点燃纸张的一角，然后去点燃别人收拾停当的柴火，而是完全由你自己把火生起来。我会跟你说说安西娅是怎么做的，如果你自己做过的话，就会记得该如何去弄。首先，她把那积累了足足一周的煤灰都扒出来——伊莱扎实际上根本没这么做过，即使她时间充裕，也不肯弄。在扒煤灰的过程中，安西娅撞到了自己的脚踝，弄得那里出血了。接着，她在壁炉的底部放上了最大、最好的煤渣，然后拿出了一大张旧报纸（你肯定不能用当天的报纸点火，一方面这样的报纸燃烧效果不好，当然还有一些其他原因），将其撕成四份，将每一份团成一个松松的报纸团，把这些东西放在煤渣上。接着，她又费力地搬来一捆木头，把捆木头的绳子弄断，把树枝塞到壁炉里

158

面去，前端就放在壁炉的横档上，后端就放在纸团上。在做这些的过程中，她不小心被绳子割到了手指，在弄断树枝的时候，两根树枝跳了起来，打在了她的脸颊上。接着，她又放上了一些煤渣和煤炭——没什么煤灰的。这些煤灰大都弄到她自己的手上了，她的脸上好像也累积了厚厚一层灰。然后她点燃了纸团的边缘，等了一会儿，树枝发出噼里啪啦燃烧的声音，开始越烧越旺了。看到一切顺利，她走到后厨房去，在水龙头下认真地洗手洗脸。

当然，你完全没必要弄伤自己的脚踝，或割伤手指，或让树枝打在自己的脸颊上，更没必要把自己弄得灰头土脸，黑乎乎的，但不得不说，在伦敦，这是一种不错的生火方式。在真真正正的乡村里，生火的方式截然不同，更为方便。

但是，不管你在哪里，生着火后洗手洗脸总是没错的。

安西娅生起的火熊熊燃烧着，让可怜的小蟑螂们兴奋不已，简也准备好了茶饮餐食。餐食当然少不了茶，安西娅生的火熊熊燃烧，哔哔啵啵作响，似乎是热情似火地邀请水壶来坐在炉口上。因此，孩子们拿来了水壶，冲泡了茶水。但是他们没能找到牛奶——每杯茶中放了六块方糖代替。换句话说，吃的东西要比平时美味多了。男孩们在食品储藏室仔细地搜罗了一番，找到了一些凉拌口条、面包、黄油、奶酪，还有一点儿冷布丁——味道似乎比平时厨娘在家时给他们做的更加美味。厨房的橱柜里还存着半块圣诞节蛋糕、一罐草莓果酱，还有大

概一磅的混合果脯，由柠檬、橙子，或香橼搭配又脆又软的厚
糖片制成。

正如简所说："专为阿拉伯骑士而准备的盛宴。"

凤凰栖息在罗伯特的椅子上，亲切而友好地倾听着他们讲
述到林德赫斯特旅行的经过。而在桌子下面，只要大家使劲把
腿伸得远些，就能接触到忠心耿耿的魔毯。

"你们的仆人今晚不会回来了，"凤凰说，"她们今晚睡在厨
娘继母的姑妈家，根据我了解的消息，今晚要举办一个大型宴
会，庆祝她丈夫的表亲的嫂子的妈妈过九十岁生日。"

"我觉得她们没请假的话，不能随便离开吧，"安西娅说
道，"不管她们有多少亲戚，或者他们的年纪多大，都不该这样
做啊。但我觉得，现在咱们还是要把餐具清洗干净。"

"她们离开可不关咱们的事，"西里尔坚定地说道，"但我是
不会帮她们清洗餐具的。咱们就乘着魔毯到别处去。我们能整
晚出去的机会可不多。我们可以马上到赤道的另一端去，到热
带地区逛一逛，欣赏广阔太平洋上的日出。"

"你说得对，"罗伯特说道，"我确实一直想看看南十字星座
和煤气灯那么大的星星。"

"我不去，"安西娅苦口婆心地说，"我不能去。我知道妈妈
不希望咱们离开家，我也不希望单独留在家里。"

"我会跟你待在一块儿的。"简诚恳地说道。

"我知道你会的，"安西娅感激地说，"但即使和你待在一

起，我也不想被留在这里。"

"那么，"西里尔说，他尽量保持着和善可亲的形象，"虽然我不希望你们做自己觉得是错误的事情，但是……"

他沉默不语了，这种沉默说明了很多事情。

"我不明白……"罗伯特开始说话，安西娅却突然打断他："我很确定。有时候你只是认为某一件事错误，但有时候你明明知道是错误的。这次就是明知道是错的。"

凤凰慈祥的目光看向安西娅，友好地开口说道：

"正如你所说，当遇到'明知道是错'的时候，就没什么好说的了。你们可亲可爱的哥哥是不会把你们抛下的。"

"当然不会了。"西里尔快速地回答道。罗伯特也如此表示。

"就我自己来说，"凤凰继续说道，"我愿意以任何方式提供帮助。我自己会出去一趟的——要么是乘着魔毯，要么是挥舞着自己的翅膀去——给你们找点让你们今晚能够开心度过的东西。为了不浪费时间，我会趁你们清洗餐具的时候去。"它继续用美妙的嗓音说道，"有谁来清洗茶杯和冲洗楼梯吗？"

"你不能向上冲洗楼梯，"安西娅说，"除非你从下面开始，一边冲洗，一面朝上走。我希望厨娘试试这种方式，进行一点儿改变。"

"我可不希望这样，"西里尔简短地说道，"我讨厌看到她那弹力靴竖起来。"

"这只不过是细枝末节而已，"凤凰说，"快过来，想想要我给你们带什么。我可以给你们带你们想要的任何东西。"

不出所料，他们无法做出决定。他们提出了很多东西——一只摇摆木马、镶有宝石的国际象棋、大象、自行车、摩托车、图画书、乐器，还有很多其他东西。可是，乐器只适合会演奏的人，除非很会演奏，否则并没有什么用，书籍不是大家都喜欢的，自行车只有出门才能骑，摩托车和大象也是如此。一副象棋一次只能有两个人玩（不管怎样，这样看起来更像是游戏教学），而且只有一个人能够乘坐摇摆木马。在讨论中，凤凰突然展开自己的翅膀，挥舞着落到了地上，站在那里说起话来。

"我从魔毯那儿了解到，它希望你们让它回到它的故土去，它就在那里诞生和成长，它会在一个小时内回来，带着很多很多故乡盛产的美丽可爱的小玩意。"凤凰说。

"魔毯的故乡在哪里啊？"

"我没了解到。但是你们久久无法达成一致，时间飞快地流逝，餐具也没有清理——"

"我赞同，咱们就这么做吧，"罗伯特说道，"无论如何，这样咱们就不用在这儿唠叨个不停了。能够获得惊喜也很不错啊。也许魔毯是一块来自土耳其的地毯呢，这样的话，它就能给咱们带来一点儿土耳其软糖了。"

"或者是一队土耳其巡逻兵。"西里尔兴高采烈地说。

"或者土耳其浴。"安西娅说道。

"或者土耳其毛巾。"简说道。

"你们别胡说了,"罗伯特反驳说,"魔毯说要带回漂亮可爱的东西,我觉得它不会悄悄溜走的。"他把自己的椅子朝后一推,然后站起来补充道。

"嘘!"凤凰说,"你怎么能这样说呢?不要因为它是一张毯子,就肆意践踏它的感情。"

"但魔毯怎么才能够做到呢——除非咱们派一个人坐在上面许愿?"罗伯特说,他这么说是期待着必须要有一个人跟着去,然后大家觉得为什么不让罗伯特去呢?但是,凤凰马上给他刚刚萌生的梦想浇了一盆冷水。

"你们为什么不把自己的愿望写在纸上,然后把纸固定在魔毯上呢?"

于是,孩子们从安西娅的算术本上撕下一页,用圆润的字体写下了以下这些大字:

> 我们希望你到你的故乡去,尽你所能,带回家乡最漂亮、可爱的东西——请不要走太久,快去快回。
>
> (签名)
> 西里尔
> 罗伯特
> 安西娅
> 简

然后，孩子们把这张纸放到魔毯上。

"请把有字的一面朝下，"凤凰说道，"魔毯和你们一样，它可没办法读到背对着它的纸上的字。"

纸很快被固定到了魔毯上，桌椅也被移开了，魔毯突然就消失了，就像凶猛的火焰下，灶台边的一汪水一样。魔毯变得越来越小，然后就消失在大家的视线之中。

"魔毯可能要花点时间才能搜集到那些既漂亮又可爱的东西。"凤凰说，"我建议大家开始清扫——我的意思是清洗。"

孩子们纷纷行动起来。水壶里还剩下很多热水，人人都来帮忙——甚至凤凰都来助他们一臂之力。它用自己灵巧的爪子握起杯子的柄，把它浸在热水中，然后让它放在桌上，等着安西娅来擦干。但是凤凰非常慢，究其原因，正如鸟儿所说，虽然它不排斥做任何勤勤恳恳的工作，但是和洗碗水打交道可是前所未有的事情。所有东西都被干净利落地清洗干净了，也擦干了，整整齐齐地放在该放的地方，洗碗布也洗过了，挂在铜架边上等着风干，茶几布也挂在清洗间的一条绳子上晾干。（若您是公爵夫人或国王的孩子，又或者是社会地位很高的人的孩子，你可能并不一定弄得清洗碗布和茶几布之间的区别，但是，在那种情况下，你的保姆可能会比你懂得多，她会告诉你相关的一切。）正当孩子们的八只小手和凤凰的一双爪子在清洗间门后的滚轴毛巾上擦干的时候，厨房另一侧的墙壁那里，也就是儿童室所在的位置传来一个奇怪的声响。这确实是一种很奇怪的声音，跟孩子们听过的所有其他声音都不一样。至少，孩子们听过跟这个很像的声音，就像是玩具引擎的汽笛声，也像是蒸汽汽笛。

"魔毯回来了。"罗伯特说道，其他人都觉得他说的是对的。

"但是，魔毯带了什么回来啊？"简问道，"听起来像是那种庞然大物，也就是海怪似的。"

"魔毯不会是在印度制的，然后给咱们带一头大象回来吧？即使是一头幼象待在那个房间里恐怕都要吓死人的。"西里尔说，"我建议咱们轮流从锁孔里去看看。"

他们决定按照年龄顺序，逐个朝里面看。凤凰已经活了数千年，按年龄算是最年长的，可以第一个看。但是——

"抱歉，"凤凰挥舞着自己金光闪闪的羽毛，轻轻打了个喷嚏说道，"从锁孔里看东西常常会让我金色的眼睛骤然一凉。"

因此，西里尔首先去看。

"我看到一些灰色的东西，还动来动去的。"西里尔说。

"我敢打赌，肯定是某种类型的动物园。"轮到罗伯特看的时候，他这样说。房间内窸窸窣窣、吱吱嘎嘎、拖拖沓沓的声音始终不停。

"我什么都看不到，"安西娅说，"我的眼睛发痒。"

然后轮到简了，她把眼睛贴到了锁孔上。

"是一只身躯庞大的猫咪，"她喊道，"它占据了整个地板，酣然入睡。"

"爸爸说大猫咪就是老虎。"

"不是的，爸爸不是这么说的。他说老虎是猫科动物。这压根不是一回事。"

"如果魔毯带回来的东西你们都不敢看的话，那就没有必要让魔毯去拿什么稀罕东西给你们了。"凤凰明智地建议道。

年纪最大的西里尔说道："来吧。"然后转动了把手。

用完茶点后，煤气灯一直亮着，十只眼睛可以把房间内的一切都看得一清二楚。但是，不是所有的都能看得一清二楚，因为魔毯虽然就在那里，但是却无法看清楚，它被一百九十九只可爱生灵给完全遮住了，这些东西可能正是来自魔毯的诞生地。

"糟糕！"西里尔喊道，"我竟没有想到魔毯是一块波斯地毯。"

不过，现在一切都显而易见了，魔毯带回的这些漂亮的生灵无疑就是猫了——波斯猫，灰色波斯猫一只只紧紧相依，密密麻麻地卧在魔毯上，就像我说过的，有一百九十九只波斯猫。就在孩子们进入房间的那一刻，这些猫起身伸了个懒腰，从魔毯上蠕动到地板上，地板立马就成了一片猫叫起伏、猫咪蠕动的波斯猫的海洋，孩子们不约而同七手八脚地爬上了桌子，把自己的腿也收了上去，而隔壁的邻居则毫不留情地敲着墙——确实，因为那是波斯猫，它们的叫声格外刺耳。

"这可不好玩，"西里尔说，"这些粗鲁的家伙怎么了？"

"我猜它们是饿了，"凤凰说，"你们可以喂一喂它们，试试……"

"我们没有东西可以喂它们，"安西娅绝望地说，边说边抚摸着离她最近的那只波斯猫的背部，"噢，猫咪，请安静一点儿吧——我们都没办法思考了。"

她大声说出了自己的这一请求，猫咪的声音愈发震耳欲聋，"这可能需要很多很多钱才能买到够它们吃的猫粮。"

"咱们让魔毯把这些猫带走吧。"罗伯特说，但是女孩们说

"不"，她们不同意把猫弄走。

"它们这么柔软、这么可爱。"简说道。

"还很珍贵，"安西娅快速地插嘴道，"咱们可以用这些猫咪换很多很多钱。"

"为什么不让魔毯去弄点吃的给猫咪呢？"凤凰建议道，为了让自己嘹亮的嗓音穿透波斯猫叫声让孩子们听到，凤凰扯着嗓子使劲喊话，声音变得沙哑而刺耳。

因此，孩子们写下，让魔毯给一百九十九只波斯猫带回足够的粮食，然后把字条像之前一样固定在了魔毯上。

魔毯似乎是把自己收成了一团，然后猫咪们纷纷从魔毯上落了下来，就像是你抖动雨衣时，从上面落下的雨滴一样。

除非你也有一百九十九只发育良好的波斯猫，它们全都挤在一个小小的房间内，只只饥肠辘辘，嗷嗷待哺，否则你绝对想象不到折磨着孩子们和凤凰的这种噪音是多么刺耳。猫咪们似乎都没有接受过良好的教养。它们丝毫不觉得在陌生的房子里毫无仪态地乞食有什么错——就更不要说它们那声嘶力竭地哀嚎了——它们不停地叫啊、叫啊、叫啊，直到孩子们把手指堵到自己的耳朵里，痛苦万分地等待着，内心暗自思忖，为什么整个卡姆登镇不来敲门问问是怎么回事啊？内心只有一个企盼，就是猫食可以比邻居们来得早一点儿——希望魔毯带着猫食能够尽快回来，赶在魔毯与凤凰的秘密暴露在某位怒气冲冲的邻居之前回来。

猫咪们喵呜喵呜地叫个不停，不断地蜷曲蠕动着身躯，它们的尾巴也一直不断地伸直、蜷曲，孩子和凤凰都在桌子上蜷成了一团。

罗伯特突然注意到，凤凰在不停地发抖。

"这么多猫咪，"凤凰说，"它们可能还不知道我是凤凰。真

是让我有些措手不及。"

这种危险是孩子们没有想到的。

"快钻进来。"罗伯特打开自己的夹克说。

凤凰飞快地钻了进去——简直是太及时了，猫咪们绿色的
眼睛闪烁个不停，粉色的小鼻子也在不断抽动，白色的胡须则
在不断地摆动，罗伯特扣上外套，凤凰消失在了他的腰部，周
围则是一片涌动的灰色波斯猫的海洋。就在这时，魔毯回来
了。魔毯上面装满了老鼠——总共有三百九十八只，我觉得是
每只猫两只。

"吓死人了！"安西娅吃惊地大喊道，"天哪，快把它们带
走！"

"把它们带走，"凤凰喊道，"也把我带走。"

"我真希望从来没有魔毯。"安西娅哭着说。

他们慌里慌张地挤作一团冲出了门，关好，然后上锁。西
里尔泰然自若地点燃了一支蜡烛，熄灭了煤气的总开关。

"老鼠在黑暗中可能有更好的机会逃跑。"他说。

猫叫声开始逐渐变弱。所有人都屏住呼吸仔细听着。我们
都知道猫吃老鼠——这是我们在书上很早就学到的知识，但是
所有这些猫咪吃掉所有这些老鼠——真是难以想象。

突然，罗伯特使劲吸了吸鼻子，在鸦雀无声的黑暗厨房
中，唯一的一根蜡烛因为气流的原因，只烧了一边。

"好奇怪的味道！"他说道。

就在他说话的时候，灯笼的光穿过厨房窗户射了进来，有人在从外朝里看，有个声音说道：

"这么热闹的声音是在干什么？快让我进去。"

这是警察的声音。

罗伯特踮起脚尖够到窗户，透过那扇有些许裂纹的窗户朝外说话，这些裂纹是西里尔试图用鼻子顶着手杖时，意外撞到窗户上造成的。（那还是他们看马戏回来的事情。）

"你在说什么呀？"他说，"没有什么热闹的声音啊。你听，一切都安静到不能再安静了。"确实是如此。

那种奇怪的香甜气息越来越浓，凤凰都忍不住把嘴伸出来了。

警察犹豫了一会儿。

"那些是麝鼠，"凤凰说，"我知道有些猫吃麝鼠——但波斯猫从来不吃。见多识广的魔毯犯了一个多大的错误啊。"

"我们赶快走吧，"罗伯特不安地说，"我们该上床睡觉了——那是我们卧室的蜡烛，现在没什么叫声了。一切都寂静无声。"

一片尖厉的齐声猫叫把他的话完全淹没了，在猫叫声中还夹杂着麝鼠尖锐的叫声。究竟发生了什么？猫咪在判断出自己不喜欢这种口味前，是否品尝了这些麝鼠呢？

"我要进来了，"警察说道，"你们在里面关了一只猫。"

"一只猫，"西里尔说道，"哦，我的天哪！一只猫！"

"那么，快进来吧，"罗伯特说道，"你自己小心为妙。我建

议你不要进来。等一会儿，我给你打开侧门。"

他打开了侧门，警察小心翼翼地走了进来。就在这间小小的厨房里，在一支蜡烛的照射下，在不绝于耳的猫叫声和哀嚎声中，就像一打蒸汽汽笛、二十辆行驶的汽车，和五十部吱嘎作响的水泵同时鸣响一样的声音，四个焦虑不安的孩子向警察大声地嚷嚷着，各自对今晚这种错综复杂的情况做出截然不同的解释。

你是否曾向警察解释过那种再简单不过的事情呢？

第八章 猫咪、奶牛和窃贼

儿童室内满满当当全是波斯猫和麝鼠，这都是魔毯带来的。猫咪们在喵呜喵呜地叫个不停，而麝鼠则吱吱叫，你几乎听不到自己说话的声音。厨房中只有四个孩子、一支蜡烛、一只隐藏的凤凰，还有一个明察秋毫的警察。

"喂，听着，"警察大声说道，用自己的灯笼依次指着每个孩子，"这刺耳的尖叫声和猫叫声是怎么回事？我说，这里肯定有一只猫，而且有人在虐待它。你们到底什么意思啊？"

算上凤凰的话，现在是以五敌一，但是作为少数的这位警察，体形格外健硕，而作为多数的五个，包括凤凰，身材都极为小巧。当猫叫声和吱吱的鼠叫声变小，柔和了一些，周围变得安静了一点儿后，西里尔表示：

"这是真的。这里有好多猫咪。但是我们从来没伤害过它们。正好相反，我们还给它们喂食了。"

"听起来可不像这样。"警察严厉地说。

"我猜想它们并不是真正的猫咪，"简发疯似的说，"也许它们只是幻想的猫咪。"

"我还幻想你是猫咪呢，女士。"警察言简意赅地回复道。

"如果你能理解除了谋杀、偷窃和调皮捣蛋之外的其他事情的话，我就把情况告诉你，"罗伯特说道，"但我很确定你理解不了。你也不想随便插手别人养猫这点私事吧。我觉得你只该在人们当街高呼'谋杀啦'和'快抓小偷'时才介入吧。这就是我要说的！"

警察表示他一定得把这件事弄个水落石出，就在这时，在碗柜下面摆放罐子的架子上缩成一团、混迹于炖锅盖和煮鱼锅之间的凤凰，踮起爪尖，悄无声息、十分警惕地溜出了房间，大家毫无察觉。

"哦，不要大惊小怪的，"安西娅温和而诚恳地说道，"我们都喜欢猫——那些柔软可爱的猫咪。我们无论如何都不会伤害它们的。是不是啊，'猫咪'？"

简回答说肯定不会伤害。但警察仍旧不为他们的辩解所动。

"现在，听着，"他说，"我要去看看那间房子里有什么，而且……"

他的声音突然淹没在骤然爆发的猫叫和老鼠的吱吱声中。声音刚一落下，四个孩子又立马开始解释，尽管猫叫声和鼠叫声还没有达到最响的程度，但是两者已经使警察很难听明白同时倾泻而来的四种完全不同的解释，真的是一个字都听不明白。

"安静，"警察最后大声喝止道，"为了履行我的职责，我一定要到旁边那间屋子里去。我的眼睛、我的耳朵都要发疯了，都是因为你们和那些猫咪。"

警察将罗伯特推到一边，大步流星地走进屋去。

"千万别说我没警告过你。"罗伯特说。

"那确实是老虎，"简说道，"爸爸是这么说的。我要是你，我可不会进去。"

但是警察铁了心了，谁的话都没办法让他改变心意。我觉得有些警察是这样的。他阔步穿过走廊，再过一会儿，他马上就会进入那个装满了猫咪和老鼠（麝鼠）的房间了，但就在那一瞬间，从外面街道上传来一个又尖又细的声音：

"谋杀——谋杀！快抓小偷！"

警察停住了自己的脚步，一只警靴猛地悬在了半空中。

"什么?"他说道。

尖叫声再次响起，从外面黑暗的街道上传来尖锐而刺耳的声音。

"快来，"罗伯特讥讽地说，"在外面有人就要被杀害的时候，过来看看猫咪吧。"罗伯特已经猜出是谁在尖叫。

"你这个小调皮鬼，"警察说，"我待会儿再过来跟你算账。"

接着，警察就心急火燎地冲了出去，孩子们听到他的靴子沿着人行道迈着沉重的步子走了，尖叫声持续不停，一直就在警察前面，很快，警察的靴子声和高喊谋杀的尖叫声就消失在

了很远的地方。

罗伯特用手掌重重地拍着自己的灯笼裤，说：

"可爱的凤凰太棒了！到哪儿我都听得出它响亮圆润的嗓音。"

很快，大家都明白了凤凰是多么聪明，在听到罗伯特说起警察的真正工作是抓杀人犯和小偷，而不是抓猫，就懂得随机应变，找到了对付警察的办法。此刻，大家心中对凤凰充满了赞赏。

"但是，等到他发现谋杀只不过是一种幻觉，根本没有这么回事的话，"安西娅悲哀地说，"他还会回来的。"

"不会的，他不会回来了，"聪明的凤凰轻轻飞了进来，温柔地说道，"他不知道你们的家在哪里。我听到他跟自己的同事说记不清了。哦，我们度过了怎样一个夜晚啊！先关上门，咱们想办法摆脱掉这些让人无法忍受的气味，如果你们不介意的话，我要去睡觉了。我可是累坏了。"

西里尔写了一张字条，告诉魔毯把所有老鼠弄走，然后带一点儿牛奶回来，毫无疑问，大家都觉得不管怎样，波斯猫肯定都会喜欢牛奶的。

"希望千万不要是麝香牛奶，"安西娅把字条面朝下贴在魔毯上时，满面忧色地说，"到底有没有麝香奶牛啊？"她焦急地问道，而此刻魔毯已经逐渐皱缩在一起，消失了。"我希望没有。也许让魔毯把这些猫咪带走才是更为明智的选择。但是一切都太迟了，我们不能让它们整晚都待在这里。"

"哦，咱们不能吗？"刚刚闩上侧门的罗伯特尖刻地反驳道。"你应该跟我商量一下的，"他接着说，"我可不像某些人那么愚蠢。"

"为什么？无论如何……"

"你难道不明白吗？我们不得不把这些猫咪留在这儿一整晚——哦，快下去，你这个毛茸茸的小东西——你还不明白吗，现在咱们的三个愿望已经用完了，要等到明天才能再向古老的魔毯许愿了。"

由于波斯猫的尖叫声不绝于耳，沉闷的静寂当然也不可能出现。

安西娅最先打破沉寂，开口说话。

"不要介意，"她说，"你知道吗，我真的觉得它们已经安静一点儿了。也许它们听到咱们说起牛奶了。"

"它们可听不懂英语，"简说，"你忘记它们是波斯猫了。"

"那么，"安西娅又累又急，气呼呼地说，"谁告诉过你'牛奶'在波斯语中不是表示牛奶呢。很多英语单词和对应的法语完全相同——至少我知道猫叫声'喵'是相同的。天哪，小猫咪们，安静一会儿吧！我们来抚摸一下它们吧，也许它们就能停下叫唤了。"

于是，每个人都用双手使劲抚摸着它们灰色的皮毛，直到大家感到累为止。当一只猫咪被抚摸得不再喵呜大叫时，它就被推开，换另一只猫到面前抚摸。当魔毯突然出现在原来的位置时，猫的尖叫声大部分已经变成了舒服的咕噜咕噜声，而在魔毯身上，不是一排排的牛奶瓶，或者是牛奶壶，而是一头大奶牛。幸运的是，不是什么波斯奶牛，更不是什么麝香奶牛（如果真的有这种动物的话），魔毯上面是一头毛色光滑、身材健硕的暗褐色新泽西奶牛，这头牛在煤气灯下，眨巴着温柔的大眼睛，用一种亲切友好但又满腹疑问的方式哞哞地叫着。

安西娅一向很怕奶牛，但是现在她尝试着变得勇敢一点儿。

"无论如何，这奶牛都不会追着我跑的，"她安慰自己说，"这里甚至连让它起步开始跑的空间都没有。"

奶牛平静极了，它的一举一动就像是一位迷路的公爵夫人。后来有人拿了茶碟来接牛奶，其他人则试着将奶牛的奶挤到茶碟里。挤奶非常困难。你可能觉得这很简单，但其实并非如此。这个时候，每个孩子心中都充满了平时不曾有过的英雄豪情。罗伯特和西里尔抓住奶牛的角。简在确认奶牛后面非常安全后，同意站在旁边，如果出现什么意外情况，她可以立即抓住奶牛的尾巴。安西娅拿着茶碟，朝奶牛走去。她记得曾听别人说过，当奶牛由陌生人挤奶时，常常会受到人类抚慰的声音的影响。因此，安西娅紧紧地抓着茶碟，搜肠刮肚地想找一些安慰的话来抚慰奶牛。而她的记忆，已经被今晚的事情弄得一塌糊涂了，她竟然无法想出什么适合跟新泽西奶牛说的话。

"哦，可怜的小猫咪，躺下来，乖乖的家伙，躺下来！"她念叨着。

没有人笑。此刻屋子里爬满了喵呜大叫的猫咪，这种情势太过严峻了，没人笑得出来。

安西娅心跳如擂鼓，试着给奶牛挤奶。一瞬间，奶牛就把安西娅手中的茶碟撞翻了，用一只脚把它踩得稀烂，同时用另外三只脚分别踩上了罗伯特、西里尔和简的小脚。

简在惊吓之下，放声大哭起来。

"哦，一切都太可怕了！"她大哭道，"快走开。咱们去睡觉

吧，把这些可怕的猫咪和这头讨厌的奶牛扔在这儿。即使一些动物可能伤害另外一些动物，它们全是活该。"

可是他们并没有上床睡觉，而是哆哆嗦嗦地在客厅里开了一个会，那里充斥着烟灰的味道——确实，有一堆烟灰堆在炉围里。自从妈妈走了之后，房间里就再也没生过火了，所有的桌椅都放得乱七八糟的，菊花也都枯死了，罐子里的水基本也要干了。安西娅拿了一块刺绣羊毛沙发毯子，紧紧裹在简和自己身上，而罗伯特和西里尔则为了多盖一点儿炉前的软毛地毯而争抢了一会儿，争抢格外激烈，但是并没有发出什么声音。

"真是糟糕透了，"安西娅说，"我真是快要累死了。咱们赶快把这些波斯猫放走吧。"

"也许，咱们也该把这头奶牛放走？"西里尔说，"警察很快就会找到我们的。那头奶牛肯定会站在门口喵喵地叫——我说的是哞哞地叫——然后把警察招来。猫咪也是如此。不，我很清楚咱们要做些什么。咱们必须得把它们放在篮子里，然后再放到各家门口的台阶上，就像送走弃婴一样。"

"算上妈妈干活用的那个的话，咱们一共有三个篮子。"简高兴地说道。

"可是，这里有将近两百只猫咪，"安西娅说道，"这还不包括奶牛在内——奶牛恐怕要用一个超大尺寸的超大篮子来装，而且我实在不知道怎么移动它，你恐怕也找不到一个门口台阶能够大到让你把奶牛放上去。除非是教堂的台阶，而且……"

180

"哦,那么,"西里尔说,"如果你只是提出异议的话……"

"我赞成你的话,"罗伯特说,"不要过多地担心奶牛,豹仔。它不过是要在这儿待一晚而已,我曾经在书上读到过,奶牛是一种反刍动物,那就表示,它会安静地卧在那里,静静思考很长时间的。魔毯早上就能把奶牛带走了。至于篮子不够的问题,我们可以把猫咪裹在抹布里,或者装在枕头套里,或是裹在浴巾里。快来干吧,西里尔。如果你们女孩子愿意的话,也可以置身事外。"

他的口气里充满了轻蔑,但是,简和安西娅太累了,已经绝望透顶,根本没有心情管他们,若是在其他时候被说成"置身事外",她们肯定不能忍受,但是现在却像是一种莫大的安慰。她们蜷缩着躺在沙发毯子里,西里尔将软毛地毯也扔在她们身上。

"唉,"他说道,"这就是适合女人干的事情——待在安全和温暖的地方,而男人则是去干活,经历困难和风险,勇往直前。"

"我不是这样的,"安西娅喃喃说道,"你知道的,我并不是这样的。"但是,西里尔已经走了。

盖着毯子和软毛地毯,温暖极了,简蜷缩着靠近自己的姐姐,而安西娅则温柔地将简揽得更近一些,似睡似梦间,她们听到在罗伯特打开儿童室门的时候,猫叫的声音似乎更大了。她们听到男孩子们在后厨房寻找篮子的脚步声。她们还听到侧门开了又关上，她们知道每个兄弟至少都带着一只猫出去了。安西娅最后的一点儿记忆是，每次拿两只猫的话，要想处理掉一百九十九只猫恐怕至少得折腾一晚上。每次两只猫的话，至少要九十九趟才能拿完，最后还会剩下一只。

"我觉得咱们可以把剩下的那只猫留下来，"安西娅说道，"这会儿我好像不喜欢猫了，但我敢说，以后我还是会再喜欢猫的。"她边说边沉沉地睡过去了。简早已酣睡入梦了。

简最先醒来，发现安西娅仍在熟睡。就在醒来的时候，她踢到了自己的姐姐，她迷迷糊糊地想，她们怎么穿着靴子就睡觉了呢，但是下一刻，她很快就想起她们身在何处了。

楼梯上传来一阵低沉、拖沓的脚步声，就像古典诗歌中描述的女英雄一样，简认为声音是哥哥们发出的，因为她感觉自己已经十分清醒了，远不像之前那样疲惫不堪。于是，她蹑手蹑脚地从安西娅的旁边爬出去，顺着脚步声走去。脚步声朝着地下室走去。那些因为精疲力竭、看似呼呼大睡的猫咪们，听到不断靠近的脚步声后，又开始无比哀怨地喵喵地叫起来。简躲在楼梯下面，然后发现进入房子里唤醒她和猫咪的，并不是她哥哥们，而是一个窃贼。简立马就知道这是一个窃贼，因为他戴着一顶皮帽，围着一条黑色方格图案的羊毛围巾，他可没有任何理由该出现在这里。

若你处在简这样的境况的话，毫无疑问应该赶紧逃走，放声尖叫，把警察和邻居都惊动。但是简似乎知道更好的办法。

她曾经读过很多关于窃贼的美好故事，还读过一些感人至深的诗歌，她知道窃贼在行窃时，若遇到一个小女孩的话，他一般是绝对不会伤害她的。确实如此，在简读过的所有书中，窃贼被天真小女孩的童言稚语所吸引，差点儿忘记要行窃。因此，这会儿简在跟窃贼打招呼之前略微犹豫了片刻，那只是因为她没有办法立即想起足够多的天真烂漫的童言稚语来打开局面。在那些故事和感人的诗歌中，虽然从图片中看来，孩子的年纪已经足够大了，但是孩子说话从来都不是那么口齿伶俐的。即使面对窃贼，简也没有办法打定主意"像幼儿一样"，口齿不清地说话。就在她犹豫不决的时候，窃贼轻轻地打开儿童室的门，走了进去。

简紧随其后，跟了进去——正好看到他坐在地板上，猫咪们赶紧四散躲开，就像一块石头扔进了池塘中水花四射的样子。

简轻轻关上门，静静地站在那儿，心里在考虑自己是否要说："你在这里干什么呀，窃贼先生？"或者是否要进行点什么其他类型的交谈。

突然，简听到窃贼深深地吸了一口气，然后开始说话。

"这就是惩罚，"他说道，"如果不是的话，那就帮我摆脱一切吧。哦，这里发生什么事了？不就像回到老家了吗？猫、猫，还是猫，不可能全是猫吧？还有一头奶牛。如果这奶牛不是黛西的化身才怪。它是从我小时候的梦里出来的——我不会在意的。呃，黛西，是黛西吗？"

奶牛转过身来，看着窃贼。

"它很好，"他接着说，"也算是一种陪伴吧。虽然人们不知道奶牛是怎么到这个楼下的挤奶室来的，但是这些猫——哦，快把它们弄走，快把它们弄走！我要把这些都弄走——哦，对，全都带走。"

"窃贼！"简在他身后很近的地方大喝一声。窃贼吃惊地看着简，面色苍白，嘴唇不停地哆嗦着："我不可能拿走这些猫的。"

"我的天哪，"那人大喊道，"这儿是不是还有一个人啊？你是真实存在的吗，小姐？或者我现在该从梦中醒过来了？"

"我真实无比。"简说道，她如释重负地发现，即使不假装口齿不清，也可以让窃贼充分听懂自己的话。"因此，"她补充道，"这些猫咪也是真实的。"

"那么，你去叫警察吧，你去叫警察吧，我会静静离开的。如果你和猫咪都是真实的话，我完蛋了，我来得太不是时候了。快去叫警察吧。我会静静离开的。只是有一件事，我从来没见过，这么小小一间房间能够容纳这么多的猫咪。"

他不停地用手梳理着自己的短头发，眼神慌乱无措地扫视着一屋子的猫。

"窃贼，"简温柔且和善地说道，"如果你不喜欢猫的话，那你到这儿来干什么呢？"

"快去叫警察吧！"这个不幸的罪犯颠来倒去就只有这一个

回答，"我情愿你去叫警察——坦白地说，我情愿你这么做。"

"我不敢，"简说道，"此外，我也没有人可以派出去叫警察。我不喜欢警察。我真希望从来都没有警察。"

"您很有爱心，亲爱的小姐，"窃贼说，"但是这些猫确实有点太多太挤了。"

"听着，"简诚恳地说，"我不会去叫警察的。虽然我可能比你之前行窃时遇到的小女孩说话显得老成，但是我确实还是个小女孩。这些也都是货真价实的猫咪……它们想要吃点真真正正的牛奶……那么……你刚才是不是说这头奶牛就像是你之前认识的黛西一样？"

"如果它们不是长得一模一样的话，我宁愿去死。"窃贼回答道。

"好吧，既然这样，"简说道，一股欢喜和自豪感传遍了她的全身，"也许你知道怎么给奶牛挤奶？"

"我可能会吧。"窃贼小心翼翼地回答道。

"那么，"简说，"如果你能给我们的奶牛挤奶的话，我们会非常非常爱你的。"

窃贼回答说，他觉得被爱总是不错的。

"如果这些猫咪能够吃一顿既美味又解渴的鲜牛奶的话，"简情真意切，继续劝说道，"它们说不定就会好好地躺下来睡觉，这样警察就不会来了。但若是猫咪们继续这样喵呜喵呜地叫个不停的话，警察肯定会被吸引过来的，那时我就不知道我

们俩会变成什么样了，或者是你变成什么样了。"

这种说法好像说服了窃贼。简从水槽那儿把洗手盆拿了过来，他洗了洗手，准备开始给奶牛挤奶。就在这会儿，楼梯上传来靴子走路的声音。

"这下子恐怕全完蛋了，"窃贼绝望地说道，"这完全是一个骗局。警察来了。"他作势要打开窗户，从上面跳下去。

"听我跟你说，没关系的，"简一直小声劝说道，"我会说你是我的朋友，或者说是被叫到家里的优秀牧师，或者说是我的叔叔，或者随便是什么人……只要你好好地给奶牛挤奶就可以了。哦，千万别走，谢天谢地，只是男孩们回来了！"

确实是男孩们回来了，他们进门惊醒了安西娅，现在她和自己的兄弟们，一起进门来。窃贼惊恐地看着他们，就像是一只老鼠在陷阱内惊慌失措地张望一样。

"这是我的一个朋友，"简说道，"我专门叫他过来的，他会给咱们的奶牛挤奶。他是不是既优秀又和善啊？"

简冲着其他人眨了眨眼睛，虽然其他人并不理解是什么意思，但还是卖力地大力渲染。

"你好啊！"西里尔说，"很高兴见到你。千万别让我们打扰了你挤奶。"

"如果不出什么错的话，到了早上我应该就能挤完奶了。"窃贼说道，然后接着挤奶。

简朝罗伯特使了个眼色，他就留在那儿看着窃贼，以防他不挤牛奶或试图逃跑，其他人则去拿东西来装牛奶，因为现在牛奶喷射而出，冒着泡沫流淌在洗脸盆中，猫咪们也不再喵呜喵呜乱叫了，开始在奶牛周围爬来爬去，长了胡须的脸上，洋溢着满满的希望和期冀。

"我们没办法处理掉更多猫咪了，"西里尔一边和妹妹们把碟子、汤盘、肉盘和饼盘摞在一起，一边说，"实际上，警察差点抓住我们。不是这样——实际情况比这个还要更激烈一点儿。他认为我们拿着的是一个真正的弃婴。要不是我拿着两袋猫朝着警察的眼睛扔去，然后拉着罗伯特的手越过栏杆，就像老鼠一样蹲在月桂树丛下——唉，幸亏我是短跑健将。事情的经过就是这样的。警察把装猫的袋子从自己脸上拿开后，就大步流星地走开了——可能认为我们已经逃走了。然后我们就回到这儿来了。"

牛奶嗖嗖地射进脸盆里，似乎很大程度上安慰了窃贼。他不断地挤奶，一切如同沉浸在美妙梦境中，而孩子们则拿着勺子，将温热的牛奶舀出来，放在饼盘、肉盘、汤盘和碟子里，四周响起了波斯猫咕嘟咕嘟喝奶的美妙奏鸣。

"这让我想起了过去的那些旧时光，"窃贼说，边说边用破旧外套的袖子擦了擦自己的眼睛，"让我想起了家中果园里的苹果，以及打麦时节的老鼠，还有那些兔子和雪貂，还有围观杀猪时热闹的场面。"

简发现窃贼的情绪变得愈发温和，于是说道：

"我希望你能告诉我，今晚是怎么选中我们家的房子进来偷窃的。如果你肯告诉我的话，我会非常高兴的。你是如此善良。如果没有你的话，我真不知道该怎么做，"她赶快补充道，"我们都非常喜欢你。一定要告诉我们哦。"

其他孩子也跟着诚恳地祈求窃贼，最后窃贼说：

"唉，这是我第一次做这种事，我从未想到自己会受到这样的欢迎，这都是真的，年轻的先生和小姐们。我不知道这会不会是我的最后一次。因为啊，这头奶牛，让我想起了我的爸爸，如果他知道我拿了不属于自己的钱，我知道，他肯定会生我气的。"

"我很确定，他一定会的，"简和善地表示赞同，"但是什么原因让你来到这里呢？"

"唉，尊敬的小姐，"窃贼说道，"你们知道这些猫是从哪来的，而且也不

喜欢警察，既然这样，我也会毫无隐瞒地说说我的情况，我相信你们高贵的心。（你们最好盛一点儿奶出来，盆子马上就要满了。）我是推着手推车卖橘子的——尽管你们丝毫不避讳地叫我窃贼，但我并不是专门行窃的——今天，有位女士从我这儿买了三磅橘子。就在她挑选橘子的时候——说实话，她挑得非常仔细，她挑到熟透的橘子时，我总是觉得非常高兴——另外两位女士则在篱笆那边说着话。其中一位女士对另一位说道：'我想让两个女孩都过来，她们可以在玛利亚和艾米莉的房间凑合一夜，她们的老板和老板太太都远在千里之外，孩子们也不在家。她们只要把房子锁起来，点燃煤气灯就行了，没有人会知道的，然后上午十一点前尽快回去就行。普罗塞太太，咱们就能痛痛快快地玩一夜了，咱们就这么干吧。我正要出去寄信。'接着，那位仔仔细细挑了三磅橘子的女士说道：'天哪，威格森太太，真没想到是你。这位善良的先生肯定愿意顺便帮你把信寄掉，我是他的顾客，他肯定愿意帮忙的。'因此，她就把信递给我了，当然我在把信件投进邮筒之前，仔仔细细地阅读了上面所写的收件地址。我把手推车上的橘子都卖完后，口袋里叮叮当当都是钱。叫卖橘子真是个让人口干舌燥的活儿，就在我喝酒润喉的时候，有个可恶的家伙偷走了我赚的钱。这是多么可恶啊，他偷走了我的血汗钱，我一文钱都不能给我的兄弟和他的老婆带回去了。"

"真是太糟糕了！"安西娅无比同情地说。

"的确非常可恶，小姐。"窃贼深有感触地应和道，"你不知道我哥哥的老婆脾气上来的时候是什么样的。但是，我很确定，你永远不会知道。我所有的橘子都是从他们那儿拿的。于是我想起了信封上所写的内容，我对自己说：'为什么不去试试呢，看看吧，别人都对我做出这样的事情了。'我心里想着，家里有两个仆人的话，肯定会有些值钱的好东西的吧？所以我就来到了这里。但是，我在这里见到了这些猫，它们唤醒了我的良知。我再也不会这样做了。"

"听我说，"西里尔说道，"这些猫咪非常珍贵——我确信无疑。我们会把这些猫咪都送给你，只要你能拿得走。"

"我知道这些猫是优良品种，"窃贼回答道，"我再也不想为钱财着急上火了。这些猫咪是从正道上来的吗？实话实说。"

"这些猫都是我们自己的，"安西娅说，"我们想要这些猫咪，但是这批货……"

"这批托运物。"西里尔小声说。

"……比我们想要的多出很多，结果成了可怕的大麻烦。"安西娅继续说，"如果你带着你的手推车，再带一些麻布袋或篮子什么的，把那里面都装满猫的话，你兄弟的老婆肯定会非常高兴的。我爸爸曾经说过，波斯猫每只能卖好几英磅呢。"

"好吧，"窃贼说，他确实已经被安西娅的话彻底说动了，"我知道你们也陷入了困境，我不介意帮你们一个忙。我不会问你们是怎么弄到这些猫的。但是，我的一位朋友对猫咪很有研究。我会把他带过来，如果他也觉得有利可图的话，我就不妨帮你们的忙。"

"你不会一去不返吧？"简问道，"这样的话，我会受不了的。"

窃贼被她的感情深深打动了，真诚地发誓道，不管成败与否，他都会回来的。

随后窃贼离开了，西里尔和罗伯特让女孩们上床睡觉，他们坐着等窃贼回来。很快，他们觉得，不眠不休地等他回来好像有点可笑，窃贼只要鬼鬼祟祟地敲打窗户，就可以很快把他们叫醒了。窃贼真的回来了，带着他的朋友，还推着手推车，带着麻袋。他的朋友确认这些猫品种很好，对此非常满意。那些猫咪吃饱喝足之后沉沉睡去，大家七手八脚地把猫咪塞到麻布袋里，放在手推车上拉走了——猫咪们还是会叫，但是睡意惺忪的叫声并不足以招致旁人的注意。

"我是个买卖赃物的人——这就是我干的事。"窃贼格外沮丧地说道，"我从来没想过自己会走到这一步，都是因为我内心太善良了。"

西里尔知道，买卖赃物的人就是接受被偷商品的人，他很快回答说："我向你们发誓，这些猫咪绝对不是偷来的。你们看看现在几点了？"

"我没有戴手表，"窃贼的朋友说，"我刚才路过'牛门旅馆'的时候，正是它关门的时间。我猜，现在大概是凌晨一点

了。"

当所有的猫都被带走之后，男孩们和窃贼也热情而友好地告别了，现在只剩下奶牛了。

"奶牛恐怕要在这儿待一整夜了，"罗伯特说，"厨娘看到奶牛的话，恐怕要大发脾气了。"

"一整晚？"西里尔说道，"为什么啊——现在已经是第二天凌晨了。我们又能许一个愿了！"

大家快速地写了一张字条，催促魔毯把奶牛送回它原来待的地方，然后孩子们返回儿童室。但是奶牛无法自己到魔毯上去，因此，罗伯特从后厨房拿出晾衣绳，一端牢牢地系在奶牛的尖角上，另一端则拴在魔毯的一角上，然后说了一句"出发吧"。

魔毯和奶牛一起消失了，男孩们睡到自己的床上，早已精疲力竭了，心里感叹着，真是谢天谢地，折腾的一夜总算过去了。

第二天，魔毯安安稳稳地躺在它应该待的地方，但是其中一个角损坏严重。正好就是和奶牛固定在一起的那个角。

第九章 窃贼的新娘

经历了波斯猫、麝鼠、一头普通奶牛和一名不普通窃贼的冒险之后，第二天，孩子们一直睡到了十点钟，然后只有西里尔醒了，但是他叫醒了其他人，十点半的时候大家都起床了，准备帮忙做早餐。天气格外冷，让人瑟瑟发抖，家里可以吃的东西寥寥无几。

罗伯特为没在家里的仆人们准备了一份意外的小惊喜。他在厨房门口安装了一个精巧的陷阱，他们一听到前门打开的响声，就知道仆人们回来了，四个孩子都藏在台阶下面的一个橱柜里，满怀期待地等着她们进来——接着就是跌倒的声音、泼水的声音、扭打的声音，还有仆人们说话的声音。他们听到厨娘说，这是对她们离开这里的惩罚。她大概认为陷阱是一种会生长的植物，很可能是在关闭无人的住所里面，自行缓慢生长出来的。但是女仆显然要更敏锐一些，她觉得家里肯定有人来过——尤其是当她看到儿童室桌子上吃早餐的家当后更加确信

了这一点。

楼梯下面的橱柜十分拥挤，还有一股怪味，大家在里面争来挤去，都想待在上面，终于把橱柜门突然撞开了，简被挤了出来，像个足球似的骨碌碌地滚到了仆人脚下。

"现在，"当厨娘歇斯底里的发泄平静了一些，女仆说出了她的想法后，西里尔坚定地说道，"不要妄想对我们教育个不停。我们不想接受。我们知道很多事情。请你今晚给我们额外特制一份蜜糖卷，这样我们才会保守秘密。"

"我敢说，"女仆仍旧穿着外出的那些衣物，帽子严重地偏向一边，她气愤地说，"你这是在威胁我吗，西里尔少爷？我跟你说吧，我不吃这一套。你要告诉你妈妈我们外出的事情吗？我才不在乎呢！要是她听说我去看望含辛茹苦把我养大、我视为母亲的婶婶时，她会很感动的。是我的婶婶叫我去的，她本没想到让我过夜，但是她腿上出现肌痉挛……厨娘这么善良，又这么细心，她怎么会让我一个人去呢，因此……"

"请不要说了，"安西娅伤心地说道，"你知道撒谎的人最终将到哪儿去的，伊莱扎，如果你没有……"

"确实是谎话连篇的人。"伊莱扎说道，"我不想自降身价跟你们说话了。"

"威格森太太还好吗？"罗伯特问道，"你们昨晚玩了一整晚吗？"

女仆的嘴张大了，久久不能合上。

194

"你们是和玛利亚一起住，还是和艾米莉一起住？"西里尔问道。

"普罗塞太太自己过得好吗？"简问道。

"先不说了，"西里尔说道，"你们已经听明白了吧。我们说与不说，就看你们以后的表现了，"他继续跟仆人们说道，"如果你们对我们以礼相待，我们也对你们以礼相待。你最好给我们做个蜜糖卷——如果我是你的话，伊莱扎，我会做一点儿家务活，然后搞一搞清洁，就当换换口味也好。"

仆人们彻底让步了。

"没有什么比态度坚决更有效的了，"当早餐用具被清理一空后，孩子们单独待在儿童室里时，西里尔接着说道，"人们总是抱怨仆人们很难应付。当你知道其中的门道时，就会变得非常简单。我们现在可以做自己想做的事情了，她们不会告密的。我觉得咱们已经把她们那股心高气傲的劲打击下去了。咱们乘坐魔毯到什么地方去吧。"

"如果我是你们的话，就不会这么做，"凤凰突然从它栖身的窗帘杆上下来，打着哈欠说道，"我已经提示过你们一两次了，但是现在我不想再遮遮掩掩了，我觉得自己必须得说出来了。"

它栖息在一个椅背上，来来回回地走着，就像是落在秋千上的鹦鹉一样。

"现在到底怎么了？"安西娅说道。她不像平时那么温柔可

亲了，她昨晚因为猫咪而紧张不已，尚未从那种劳累状态中恢复过来，"我已经受够了不断有事情发生。我不会再乘着魔毯去什么地方了。我要缝补一下我的袜子。"

"缝补，"凤凰说道，"缝补！这些年轻人的嘴里总是冒出些奇怪的表达……"

"那么，就修补吧，"安西娅解释道，"用针和羊毛来修补。"

凤凰若有所思地扇动着翅膀。

"你的袜子，"凤凰说，"现在对你来说，远远没有那么重要。但是，魔毯……你们快看看那些赤裸裸被磨损的地方，快看看角落上缺的那一块。魔毯是你们最忠诚的朋友——你们最为忠心的仆人，你们该如何回报它全心全意的服务呢？"

"亲爱的凤凰，"安西娅急切地说道，"请不要用这种可怕的教训的口气。你这样让我觉得我好像做错了什么事情。这确实是一块魔毯，而且我们也没有做别的事情啊——只是许愿而已。"

"只是许愿，"凤凰重复道，边说边抖动着脖颈处的羽毛，怒气冲天，"什么样的愿望？比如说，希望人们有一个好脾气。你们什么时候听说过，有哪块魔毯被许过这样的愿望？但是，这块高贵的毯子，被你们如此无礼鲁莽地践踏摧残（孩子们赶紧把自己的靴子从魔毯上缩了回来，然后站在了油布上），这块魔毯从来都是不惧艰难，勇往直前。它每次都按照你们的要求行事，但是磨损和撕裂的情况简直惨不忍睹。然后，就在昨晚——

我就先不埋怨你们关于那些猫咪和老鼠的事情了，这些都是魔毯自己的选择，但是话说回来，魔毯怎么能经得住用一个角拴一头奶牛呢？"

"我觉得那些猫咪和老鼠还要更可恨一些，"罗伯特说道，"快看看它们的这些爪印。"

"是的，"凤凰说，"总共有一万一千九百四十个爪印——我猜你注意到了，如果这些小动物没有留下印记才让人吃惊呢。"

"天哪，你真伟大！"简突然坐到地上，轻轻地拍着魔毯的边缘说道，"你的意思是它已经精疲力竭、严重磨损了吗？"

"魔毯和你们在一起，生活从来跟奢华舒适无缘。"凤凰说，"在法国的时候陷入泥泞之中两次；在阳光海岸两次沾染了沙子，还沉入了南方大海中一次；在印度还有一次；天知道它在波斯的什么地方停了一次；再加上麝鼠那一次；还有不知道它从哪儿把奶牛弄来的这一次。如果你们愿意的话，把你们的魔毯拿到灯下，认认真真地看一看吧。"

孩子们小心翼翼地托着魔毯来到灯光下面，女孩们仔仔细细地看着，她们看到魔毯上遍布的一万一千九百四十个爪印时，悔意丛生，身体微颤。魔毯上到处都是大大小小的窟窿，有些窟窿比较大，还有多处磨损得很薄的地方。在一个角上，魔毯有一缕被撕下来了，孤零零地荡在那里。

"我们必须得把魔毯修补好，"安西娅说道，"不用再担心我的袜子了。如果没有时间好好弄的话，我可以用缝纫棉线把它们缝一缝就行了。我知道这很糟糕，有自尊的女孩没人会这么做，但就这样吧，咱们亲爱的魔毯如此可怜，它可比我的袜子重要多了。我们现在就马上出去吧。"

因此，孩子们一窝蜂全都出去了，去买羊毛来修补魔毯，但是卡姆登镇没有店铺出售许愿羊毛，肯特镇路也一样没有。不过普通的苏格兰混色毛纱线摸起来感觉还不错，因此他们就购买了这一种。然后那一天，简和安西娅就一直在缝缝补补。下午的时候，男孩们出去散步了，温柔的凤凰则在桌子上来来回回地走——据它自己说，这是为了锻炼——边走边跟两位勤勤恳恳工作的女孩聊着魔毯。

"这可不是一块普通的、随便让人扔的无知地毯，"凤凰说道，"这是一块很有来头的魔毯——它拥有一段波斯传奇史。你们知道吗，在那些繁荣幸福的岁月里，魔毯可是属于哈里发、维齐尔、国王和苏丹的财产呢，从来都不会随意铺在地板上的……"

"我以为地板就是放置地毯的适当地方。"简打断道。

"神奇的魔毯可不应该待在那儿，"凤凰说，"至于原因嘛，如果让魔毯放在地上的话，那现在恐怕不会剩下什么了。真的，恐怕什么都不会剩下了！魔毯一直被放在镶有珠宝和象牙的雪松柜子里，用无价的金丝布裹着，上面还镶嵌着价值连城的宝石。它曾经在公主的檀香木箱子中安静度日，终日栖身在那充满了玫瑰油香气的宝库里。从来，从来都没有人踩在它的身上羞辱它——当然做事的时候、许愿的时候除外，但是他们通常都会脱掉鞋的。还有你们……"

"哦，别再说了！"简几乎要哭了，恳切地说道，"你知道的，要不是妈妈想要弄一块让我们踩在上面的地毯的话，你可能根本没机会孵出来。"

"你们完全没必要走那么多，或者踩得那么重啊！"凤凰说，"好了，把晶莹的泪水擦干，我给你们讲讲亚洲的祖列卡公主和神奇魔毯间的故事吧。"

"快讲，"安西娅说道，"我的意思是，请给我们讲讲吧。"

"祖列卡公主是皇室女性中最为出众的一位，"凤凰娓娓讲述道，"她还在襁褓中时，就被人施了数道魔法。她的奶奶在她出生的时候……"

但是在祖列卡公主出生的时候，她的奶奶做了什么注定永远都无法讲述了，因为西里尔和罗伯特突然冲进了房间，眼角眉梢都展现着极为复杂的情绪。西里尔面色灰白，淌着激动的汗珠，而罗伯特红扑扑的脸上则是一大块污渍。

"你们两个出什么事了？"凤凰问道，接着又尖锐地补充道，如果人们像这样冲进来打断讲述的话，故事肯定没办法再讲下去了。

"哦，无论如何，别再说话了。"西里尔一边说，一边坐在了椅子上。

罗伯特抚摸着凤凰因生气而显得凌乱的金色羽毛，和善地

补充道：

"西里尔无意如此粗鲁。这都是因为发生了些糟糕到不能再糟糕的事情，在此情况下，故事似乎就显得微不足道了。千万不要生气。要是你听到发生了什么，你就不会再生气了。"

"那么，究竟发生了什么？"凤凰问道，仍旧显得非常恼火，安西娅和简手中长长的细针也不知不觉地停了下来，所用的苏格兰混色毛纱线从上面掉了下来。

"这可能算得上是你们能想到的最可怕的事情了，"西里尔说道，"那个善良的小伙子，就是咱们认识的那个窃贼，被警察抓住了，怀疑他偷猫。这是他兄弟的太太亲口告诉我的。"

"啊，快从头说起吧！"安西娅急躁地大喊道。

"好吧，我们走出家门，一路走到了殡仪馆，就是橱窗里摆着中国花草的那家，你们都知道的。那里聚集着一群人，我们当然要过去看一看。原来是两名警察围着我们的窃贼，警察硬拉着他朝前走，窃贼不断表示：'我跟你们说这些猫是他们送给我的。这是我在卡姆登镇一间地下挤奶室中给母牛挤奶换来的。'

"人们哄然大笑。接着，警察说也许他能说出母牛所在那家的姓名和地址，而窃贼表示自己不能这么做，但要是警察能放开他的衣领，给他个喘气的机会的话，他愿意带警察过去。而警察则说窃贼可以在早晨的时候把一切告诉地方法官。窃贼没有看到我们，因此我们赶紧溜走了。"

"哦，西里尔，你们怎么能溜走呢?"安西娅说。

"千万不要做傻事，"西里尔建议道，"让他看到我们可没什么好处。没有人会相信我们说的话的。他们肯定会认为我们不过是在开玩笑罢了。我们所做的可比让他看到我们强多了。我们向一个男孩询问窃贼的住处，他告诉了我们，我们到那儿一看，是一家小小的蔬菜水果店，我们还买了一点儿巴西果。给你们吧。"女孩们厌恶且蔑视地推开了巴西果。

"唉，我们必须得买点东西啊，就在我们在那儿慢慢考虑买什么的时候，听到窃贼兄弟的太太在说话。她说当看到窃贼带着那些喵呜乱叫的猫咪回到家里时，她就觉得事情肯定要比见到的情况复杂得多。今天早上，他一只胳膊夹着一只猫咪，带着最可爱的两只出门去了。她说他让她出门去买蓝色缎带，束在猫咪的脖子上。她最后说，他如果被判三个月的苦役，他就得感谢那些猫和蓝色缎带了，他偷窃的方式真是愚昧至极，拿回来的那些猫是个人就能看出来不可能是通过规规矩矩做生意得来的，他拿回来的可不是那种让人不容易察觉的东西，谁知道这样的东西有多少，而且……"

"哦，住嘴!"简大喊道，实际上也是时候停下来了，西里尔像是一个上了发条的闹钟一样，说个没完没了，完全无法自制，"他现在在哪儿?"

"在警察局。"罗伯特说道，西里尔此刻已经上气不接下气了，"那个男孩跟我们说，他们会让这个小伙子入狱，早上的时

候会带着他去见法官。我原本觉得昨晚让他把猫带走的事情是两全其美，但是现在……"

"玩笑的结束，"凤凰说道，"竟然是被带到法官面前。"

"咱们去找他吧，"两个女孩子高喊着，"咱们去说明真相吧。他们一定会相信咱们的。"

"他们肯定不会相信的，"西里尔说，"想一想吧！如果有人过来给你讲这么一个故事，不管你多么尽力地想去相信，但是也不会相信吧。我们这样做，只会让事情变得对他更加不利。"

"我们肯定能做点什么，"简用力地吸了吸鼻子说道，"我亲爱的窃贼！我受不了了。他是如此善良，他谈起自己父亲的样子是如此诚实，他还打算做一个格外真诚的人。亲爱的凤凰，你肯定能够帮帮我们的。你是如此优秀、善良、美丽和聪明，快，快点告诉我们该怎么做吧。"

凤凰沉思着，用自己的爪子擦了擦嘴。

"你们可以把他救出来，"凤凰说，"然后把他藏在这里，直到那些维护法律的人把他忘于脑后。"

"那可能得要很多很多年才能把这事忘了，"西里尔说道，"而且，我们也没办法把他藏在这里啊。爸爸随时可能回家，要是爸爸发现窃贼在这儿的话，他肯定和警察一样不会相信的。那种情况就再糟糕不过了。这件事没人会相信。我们不能把他带到其他地方去吗？"

简兴奋地拍了拍手。

"阳光明媚的南部海岸!"她大喊道,"就是厨娘做女王的那个地方。窃贼和厨娘可以彼此做个伴!"

只要窃贼愿意去的话,这个主意听起来确实非常不错。

因此,大家立马热火朝天地讨论了起来,孩子们计划等到夜里,到单人牢房去找亲爱的窃贼。

同时,简和安西娅努力地缝补魔毯,使其变得尽可能结实。所有人都觉得如果如此可贵的窃贼在飞往阳光南部海岸的路上,从魔毯的窟窿里掉下去,永远丧身于阳光明媚的南方大海中的话,那就太可怕了。

仆人们参加完威格森太太的聚会后已经精疲力竭了,一个个早早地上床呼呼大睡了。当凤凰报告说两个仆人早已鼾声如雷,呼呼大睡时,孩子们从床上爬了起来——他们一直都没有脱衣服,只是把睡衣穿在了外面而已,这样在伊莱扎过来关掉煤气灯的时候就足以糊弄过去了。等到一切就绪之后,他们站在魔毯上,然后命令道:"我们希望到窃贼的单人牢房里去。"很快他们就到达了那里。

我觉得孩子们个个都以为牢房是"城堡壕沟下面最深的地牢"。我敢保证人人心里都觉得窃贼应该被拴在沉甸甸的枷锁上,固定在潮湿石墙的圆环上,躺在铺着稻草的炕上辗转反侧、瑟瑟发抖,旁边再放上一罐水和发霉变质的碎面包皮。罗伯特记起了地下通道和那些宝藏,随身带了蜡烛和火柴,但是这些却没有用上。

牢房是一间略微发白的房间，有十二英尺长，六英尺宽。房间的一侧有一个架子，略向墙壁方向倾斜。上面放着两张毯子，上面印着蓝黄条纹，还有一个防水枕头。窃贼躺在上面，裹着毯子，枕着枕头，正在呼呼大睡。（他已经用了些茶点，孩子们并不知道这一情况——茶点是从街角咖啡店送来的，用一只厚陶罐盛着。）外面走廊上的煤气灯很亮，灯光穿过门上方窗格上的厚玻璃照进牢房，里面的情形毫无遮拦，一览无余。

"我来捂住他的嘴，"西里尔说道，"然后罗伯特把他弄下来。安西娅和简以及凤凰可以在他慢慢醒来的时候跟他轻声细语地说一些安慰的话。"

这一计划没有取得预期的成功，说来也奇怪，窃贼在睡觉时竟然更加强大，甚至罗伯特和西里尔加起来也赶不上他，就在他们的手刚刚触到窃贼的时候，他一跳而起，大声地呼喊起来。

很快，外面就传来了一阵急促的脚步声。安西娅用手抱住窃贼，小声说道：

"是我们呀，就是把猫送给你的那些人啊。我们到这儿来是要救你出去的，千万不要让人知道我们在这儿。我们能藏在什么地方吗？"

外面的石板路上传来一阵沉重的皮靴声，一个坚定的声音大声喊道：

"你——能——别喊了吗，你能做到吗？"

"没问题，长官。"窃贼赶紧回答道，安西娅的手仍旧抱着他，"我只不过是在梦里自言自语罢了。千万包涵。"

这是一个惊心动魄的时刻。靴子和声音会进来吗？会的？不会？那个声音呵斥道："那好，安静点，知道吗？"

沉重的靴子声沿着走廊逐渐远去，然后传来了走上石头台阶的声音。

"喂!"安西娅小声道。

"天哪，你们是怎么进来的?"窃贼惊讶不已，用嘶哑的声音小声地问道。

"乘坐魔毯进来的。"简真诚地说。

"别胡说八道了，"窃贼说，"如果只是你一个人的话，我还能相信，但是你们四个人，还有一只金色的鸟，我就没法相信了。"

"听着，"西里尔态度坚决地说，"如果有人告诉你在儿童室里面发现了奶牛和所有这些猫咪的话，恐怕你也不会相信的。"

"是的，我不会相信的，"窃贼激动地窃窃私语道，"救救我吧，罗伯特，我已经无计可施了。"

"那就这样吧，"西里尔对自己兄弟的请求完全置之不理，继续说道，"尝试着相信我们告诉你的事情，并按照我们说的做。这不会对你造成任何伤害的，你知道这一点就行了。"他真诚地小声说道，"你知道的，你不可能比现在这种状况更糟糕了。如果你愿意信任我们的话，我们一定会把你带出去的。没

有人看到我们进来，问题在于，你想到哪里去呢？"

"我想到布隆去，"窃贼直截了当地回答道，"我一直想到那里游玩一番，但是每年该去的时候却总是不能成行。"

"布隆是一个像伦敦一样的城市，"西里尔说道，他用心良苦，可惜并不准确，"你在那儿能够自谋生路吗？"

窃贼心存疑虑，不断地抓着脑袋。

"如今这个年头，在哪里谋生都不容易。"他满腹伤感地感叹道。

"是吗，生活不是本就如此吗？"简十分同情，柔声说道，"话说回来，你觉得到一个阳光明媚的南方海滩怎么样，除非你自己想干点什么，否则的话那里没什么好做的事。"

"我愿意去那儿，亲爱的小姐，"窃贼回答道，"其实我根本不太在意工作——至少不像其他人那么在意，不像他们一样经常为工作殚精竭虑的。"

"你从来没喜欢过什么类型的工作吗？"安西娅严肃地问道。

"哎呀，天哪，当然有喜欢的工作，"他回答说，"我喜欢园艺，过去也爱干这个。但是，爸爸还没有把我培养成一名园艺工人就去世了，唉——"

"我们会把你送到阳光明媚的南部海岸，"简说，"你想象不到那儿的花有多么美丽。"

"我们之前的厨娘也在那儿，"安西娅补充道，"她是那里的女王。"

"天哪，你们快别说了，"窃贼双手抱头，苦恼地小声说道，"我刚看到那些猫和奶牛的时候就知道这是对我的惩罚。现在，我坐立不安，都不知道自己该怎么办了，请帮帮我吧。如果你们能把我救出去，那就快救救我吧，如果救不出去，看在老天的分上，就好好待着不要胡说八道了，让我好好想一想早上面对法官的时候，他最有可能问我些什么问题吧。"

"那就快到魔毯上来。"安西娅温柔地推着窃贼说。其他人则悄悄地拉着他。窃贼的双脚踏上魔毯时，安西娅赶紧许愿："我希望我们一起到厨娘所在的南部阳光海滩去。"

转瞬之间，他们就到了那里。那里有流光溢彩的彩虹沙滩、枝繁叶茂的热带花花草草，当然厨娘也在那里，头顶上戴着白色的花环，脸上那些由于生气、劳累和辛勤劳作而产生的皱纹都一扫而去。

"怎么回事儿啊，亲爱的厨娘，你现在真是太漂亮了！"安西娅从魔毯天旋地转的折腾中缓过神来，刚刚喘了一口气，就忍不住说道。

窃贼傻呆呆地站着，用手揉着被热辣辣的热带骄阳刺痛的眼睛，贪婪地凝视着周围这片热带土地上明媚生动的色彩。

"真是一分钱一分货啊！"他若有所思地喊道，"不管多么的来之不易，都值得一试啊。"

厨娘坐在一片绿意盎然的高地上，那些古铜色皮肤的随从们围绕在侧。窃贼禁不住用脏乎乎的手指指着这些人。

　　"他们被驯服了吗？"他焦虑不安地询问道，"他们会又咬又挠的吗，或者会用什么毒箭或牡蛎壳，或者其他乱七八糟的东西吗？"

　　"你这个人，不要这么胆小啊！"厨娘说道，"你听着，这些景象不过是你进入梦境看到的而已，因为只是一场梦，那像我这样的年轻女士就没什么能说不能说的了，我必须得说，你称得上是我最近这段时间以来见过的最英俊的小伙子了。只要你循规蹈矩，梦境好像会无限期地继续下去。你吃喝的东西味道也不错，和真实的味道不相上下，而且……"

　　"听着，"窃贼说道，"我是逃出警察局后，直接到这儿来的。这些孩子可以告诉你，其实他们并不该对我横加指责。"

"可是，你知道的，你曾经确实是个窃贼。"一向实话实说的安西娅柔声说道。

"亲爱的小姐，您是知道的啊，我之所以那么做是被那个不诚实的小伙子逼到那一步的，"窃贼反驳道，"就像这个多年不遇的最热的1月一样突如其来。"

"你想要洗洗澡吗？"女王问道，"然后也穿上像我这样的白色衣服？"

"亲爱的小姐，非常感谢您，但是那样的话，我在他们看来恐怕只是像一个傻瓜而已，"窃贼回答道，"但是我确实想洗澡，我的衬衣可是两周之前换上的。"

西里尔和罗伯特将他领到一个石头浴池中，让他奢侈地洗浴了一番。之后，他穿上衬衫和裤子，舒舒服服地坐在沙滩上说着话。

"那个厨娘，或者是女王，不管你们怎么称呼她都好，就是那个穿着可爱衣物的女士，她正好是我喜欢的类型。我在想她是不是已经有了自己的伴侣？"

"我得问问她。"

"我通常是个速战速决的人，"窃贼接着说，"说干就干。我要试试。"

窃贼身着衬衫和裤子，头戴西里尔仓促编就的芳香花环，走到了女王的宫苑之中，他站在厨娘面前，缓缓道来。

"听着，亲爱的小姐，"他说道，"在这场梦境之中，或者不管你们怎么称呼吧，你和我都是孤苦无依之人，咱们是何其相似，我就想直截了当地告诉你，我非常喜欢你的模样。"

厨娘开心地笑了，满面羞涩地低下了头。

"我是个单身男人——也可以称为光棍。我没有什么恶习，跟这些孩子刚才告诉你的大同小异，我不知道有没有这个荣幸，请求下周日和你约会。"

"天哪！"女王厨娘惊呼道，"尊敬的先生，这真是太突然了。"

"约会之后你们会结婚吗？"安西娅问道，"为什么不这就结婚，把这件事办了呢？要是我就这么干了。"

"我不介意结婚啊。"窃贼说。

但是厨娘说："不行的，小姐。我不能接受，尤其是在一个梦里。对这个小伙子的长相，我没什么好说的了，但是我一直许愿在教堂中结婚。无论如何，我觉得这些野人肯定不知道弄个婚姻登记处的，即使我教给他们也不行。不行的，先生，感谢您的善意，除非您带一个牧师到梦里来，否则我就只能独自生活，直到孤独死去了。"

"如果我们带一个牧师过来的话，你会跟她结婚吗？"一心撮合他们的安西娅问道。

"小姐，我确定，我愿意！"窃贼边说边把自己的花环拉正了，"说实话，这东西弄得我的耳朵瘙痒难耐！"

听到这话，魔毯马上快速地铺展开来，遵照指令去请一位牧师过来。指令写在西里尔的帽子衬里上，是用罗伯特从林德赫斯特旅馆向桌球记分员要来的一支粉笔写的。魔毯很快就消失得无影无踪了，它返回的速度更是快到让你难以想象，上面还站着让人尊敬的塞普蒂默斯·毕兰肯索普牧师。

塞普蒂默斯牧师是一位十分帅气的年轻人，此刻却是满脸茫然和不知所措，因为在他看到一块奇怪的地毯在他脚边铺开时，忍不住上前去研究一番，自然而然地就踏上了魔毯，想要近距离查看一下。他碰巧站到了简和安西娅补过的那块很薄的地方，因此，他是一半身子在魔毯上，而另一半则是在苏格兰混色毛纱线上，那部分可是没有一点儿魔法属性的。

因此，实际上他只有半个身体到了这里——这样就导致孩子们可以看穿他，好像他是个幽灵似的。而对于牧师来说，他看到了阳光明媚的南部海滩、厨娘、窃贼和孩子们，看似非常平常，但透过他们，他也清清楚楚地看到了家中的书房，看到了一排排书籍、一张张图画，还有前一职务离任时获赠的大理石钟表。

在他看来，自己仿佛已经神经错乱了，因此自己做些什么都无关紧要了——于是，在他的主持下，窃贼娶了厨娘。厨娘说自己更想要一个实实在在的牧师，一个不是能那样清清楚楚看透的牧师，不过这毕竟是在梦里，这样也就足够了。

牧师虽然有些模糊，但毕竟是真实的，而且可以为人主持婚礼，他确实做得不错。仪式结束后，牧师在小岛上信步而

行，收集一些植物标本，他是一位优秀的植物学家，即使是在神经错乱的情况下，这一志趣仍旧难以自制。

婚礼盛大无比。你能想象吗？简、安西娅、罗伯特、西里尔和那些古铜色皮肤的野人手拉手围成圈，围着那对幸福的夫妻，也就是女王厨娘和窃贼，欢歌笑语，又唱又跳。他们采集了无数鲜花，尽情挥洒，数量多到你在梦中都无法想象，在孩子们乘坐魔毯回到家里之前，这位在此安居乐业的新婚的窃贼发表了一段感想。

"女士们、先生们，"窃贼说道，"还有野人们，虽然知道你们听不懂我所说的话，但是我打算暂且忽略了。若这是一场梦的话，我十分享受其中。如果这不是一场梦的话，我将更加享受其中。如果这是介于两者之间的话，那么，实话实说，我没什么好说的了。我再也不会对伦敦的上流社会想入非非了——我已经有了相伴终生的人，我已经拥有了整个小岛作为我安家之地，我肯定要在这里种点花椰菜，以便让花卉展上的评审们开开眼界。我想请求你们这些年轻的绅士和女士，希望你们能送来一些欧芹籽到这梦里，再送来一便士的萝卜种子、三便士的洋葱种子，如果能再来五便士的其他各式各样的蔬菜种子的话，那就再好不过了。我没钱，我不会欺骗你们的。还有一件事，你们可以把牧师带走了。我可不喜欢看到能看透一半的东西，就像眼前的牧师这样！"他豪爽地把装满了整个椰壳的酒一饮而下。

此时已经过了午夜时分了——岛上却才是茶点时间。

孩子们带着所有美好的祝愿离开了。他们也没有忘记带上牧师，把他送回了自己的书房，送到了他获赠的钟表那儿。

第二天，善良的凤凰带着种子送给了窃贼和他的新娘，带回了这对新婚燕尔的夫妻最让人为之心满意足的好消息。

"他做了一个木铲子，开始在那里安居乐业了，"凤凰说道，"厨娘给他做了衬衫和裤子，用的正是最夺人眼球的白色。"

警察们一直不知道窃贼是怎么逃脱的。在肯特镇路警察局，窃贼的逃脱仍旧像波斯神话一样，讲起来就让人感到惊心动魄。

对于塞普蒂默斯·毕兰肯索普牧师来说，他觉得自己陷入了奇怪的神经错乱之中，他很确定是因为自己学习过度所致。因此，他打算略微放松一段时间，带着自己两位未婚的姑姑到巴黎去看看，他们在那儿游览了让人眼花缭乱的博物馆和画廊，回来的时候心满意足，觉得着实是见了世面。他从来没跟自己的姑姑或者其他人说起过岛上的婚礼，理由很简单，不管这件事多么有趣和不同寻常，没有人愿意让别人知道自己出现过神经错乱的情况。

第十章　　魔毯窟窿

> 万岁！万岁！万岁！
> 今天妈妈就回来了，
> 今天妈妈就回来了，
> 今天妈妈就回来了！

简在早餐后立马就唱起了这首简单的歌谣，凤凰感同身受，潸然泪下。

"子女的孝道，"凤凰说，"是多么美丽动人！"

"妈妈要到咱们入睡后才回来，"罗伯特说，"我们今天还能乘着魔毯出去玩一天。"

妈妈回家让他十分开心，但同时，这种喜悦中又充斥着强烈的悲伤之情，十分矛盾，因为这样一来，他们再也不能乘着魔毯整天在外面玩了。

"我真希望能到什么地方去给妈妈弄点好东西来，不过她会想弄清楚我们从哪儿弄来的。"安西娅说，"她从来都不会相信事情的真相。不知为什么，人们从来不愿意相信那些非常有趣的东西。"

"我跟你们说，"罗伯特说道，"假定我们许愿魔毯带我们找到装了钱的钱包——那么我们就能给妈妈买点东西了。"

"假定魔毯把咱们带到国外什么地方的话，钱包上装饰着奇特的东方图案，还精心绣了华美的丝线，里面装满了不能在这里花的货币，只是装了外国古董的话，人们可能会不断地怀疑咱们是从哪儿弄来的钱包，那样的话，咱们就不知道该如何摆脱这种情况了。"西里尔一边说，一边把桌子从魔毯上搬开，一条桌腿被安西娅缝补的地方给绊住了，结果撕下来一大片，魔毯上出现了一块很大的口子。

"唉，看看你做了些什么呀！"罗伯特说道。

但是，安西娅当真是百分百的好妹妹。她二话没说，马上拿出了苏格兰混色毛纱线、缝补针、顶针，还有剪刀，这个时候，她已经能把自己心中不吐不快的一股恶气咽了下去，和和气气地说道："没关系的，西里尔，我很快就能把这补好。"

西里尔拍了拍她的背。他完全了解她的感受，他并不是一个不领情的哥哥。

"说起装着钱的钱包，"凤凰用闪闪发光的爪子挠着自己几乎不为人见的耳朵，若有所思地说道，"可能最好说明你们希望找到多少钱，还有你们希望在哪个国家找到这个钱包，以及你

们想要哪个国家的货币。如果你们找到一个钱包只装着三个希腊小银币的话，那就确实有点扫兴了。"

"一个希腊小银币值多少钱？"

"一个希腊小银币价值两个半便士。"凤凰回答说。

"确实如此，"简说，"而且，如果找到一个钱包的话，我觉得只可能是有人弄丢的，那就得把它交给警察。"

"这情况确实困难重重。"凤凰评论说。

"那要是埋藏的宝藏呢？"西里尔说道，"这些宝藏的主人已经去世了。"

"妈妈肯定不会相信的。"大家齐声说道。

"假如，"罗伯特说，"假如我们要求去一个能找到钱包的地方，然后将其交还给它的主人，那他会给我们点什么感谢咱们找到钱包吗？"

"咱们不能拿陌生人的钱。罗伯特，你知道的，咱们不能这么做。"安西娅一边说，一边将穿在针上的苏格兰混色毛纱线末端打了一个结。（这其实是一种大错特错的做法，你们要是缝缝补补的时候，千万不能这样做。）

"不行，肯定不能那样做。"西里尔说道，"咱们别管这么多了，还是去北极，或者其他什么有意思的地方吧。"

"不行，"女孩们异口同声地说道，"肯定有什么别的办法。"

"等一下，"安西娅说，"我想到了一个办法。大家先别说话。"

她的缝补针停在了空中，四下里一片寂静。她突然说道：

"我想出来了。咱们就告诉魔毯带咱们到一个可以弄到钱给妈妈买东西的地方，而且……而且要用妈妈能够相信并不认为错误的方式。"

"哎呀，我必须得说，你想到了最充分利用魔毯的方法。"西里尔说道。他说得比平时更加发自肺腑、真诚友好，因为他还记得刚才安西娅是如何克制着不谴责他撕坏了魔毯。

"确实。"凤凰说，"你确实如此。但是，你们得记着，东西用掉就没有了。"

当时，根本没有人在意这句话，但是后来，人人都在想这句话。

"豹仔，快点！"罗伯特催促道。闻言，安西娅确实加快了速度，因此，魔毯中间的一大条裂缝补得松松垮垮的，跟破渔网似的，远远不像编织布那样硬挺、密实，那才是认真缝补的优质补丁。

接着，大家都穿上出门的衣物，凤凰飞上壁炉架，在镜子前仔仔细细地梳理着自己那金光闪闪的羽毛，一切都准备就绪了。大家都来到魔毯上。

"亲爱的魔毯，请走慢点好吗？"安西娅说道，"我们想看看要去的是哪儿。"这样的话，她又增加了原来打算许的愿的难度。

紧接着，魔毯变得硬挺得像一个木筏一样，驶过肯特镇的

屋顶。

"我想……不是的，我不是这个意思。我的意思是，太遗憾了，咱们不能再高一点儿。"安西娅说道，因为魔毯的边缘正擦着一个烟囱管帽一飞而过。

"就是那样。小心点！"凤凰用警告的语气说道，"如果你在魔毯上说出愿望的话，就是在许愿，就会产生结果的。"

因此，一时间竟然没人敢说话，魔毯则平静地掠过宏伟壮丽的圣潘克拉斯和国王十字车站，以及人潮汹涌的克勒肯维尔街道上空。

"我们就要飞出格林威治大道了，"当他们穿过汹涌澎湃、水流湍急的泰晤士河时，西里尔说道，"咱们可能会去看一看王宫。"

魔毯继续朝前飞啊飞，仍旧非常靠近那些烟囱管帽，孩子们觉得不大舒服。突然，就在新克罗斯上方的时候，可怕的事情发生了。

简和罗伯特坐在魔毯的中间。他们身体的一部分坐在魔毯上，而另一部分——最沉重的部分——则坐在魔毯的大补丁上。

"一切看起来都是那么模糊不清，"简说道，"看起来既像是在室外，又像是在家中的儿童室中。我感觉自己是不是要患上麻疹了，所有东西看起来都古里古怪的，我还记得那种感觉。"

"我也有这种感觉。"罗伯特回答道。

"是魔毯上的窟窿，"凤凰说，"不管是什么，肯定不是麻疹。"

就在此时，罗伯特和简突然间弹了起来，立马想要试着挪到魔毯上更安全的部位去，结果补丁竟然裂开了，他们的头和身体朝下，脚朝上，从窟窿里掉了下去，四仰八叉、狼狈不堪地落在了新克罗斯阿默舍姆路705号一座高耸、灰败、阴沉且看起来质量还不错的房子屋顶的薄铅板上。

魔毯卸掉他们二人的重量之后，似乎突然间能量大增，精神一振，迅速地升到了高空之中。其他孩子则赶紧平躺下来，

透过不断上升的魔毯边缘朝下望去。

"你们受伤了吗?"西里尔喊道。罗伯特则大声回答道:"没有。"接着魔毯就扬长而去了,简和罗伯特被一大堆冒着烟的烟囱遮挡住,再也看不到了。

"天哪,真是太可怕了!"安西娅感叹道。

"本来情况可能更糟糕呢!"凤凰说,"要是在咱们穿越泰晤士河的时候那个补丁正好裂开的话,咱们这些幸存者就不知道该作何感想了?"

"是的,要是那样更糟糕,"西里尔从震惊中回过神来说道,"他们会没事的。他们可以一直呼救,直到有人把他们弄下去,或者扔一些瓦片到前面的花园里,引起行人的注意。罗伯特拿着我的那一个半便士——安西娅,真幸运你忘记缝我口袋上的那个窟窿,否则的话,他连这些钱也拿不到。他们可以用这些钱坐车回家。"

但是,安西娅仍旧十分担心。

"这都是我的错,"她不安地说,"我知道缝补的正确方法,却没有那么做。这都是我的错。咱们回家吧,去拿你伊顿公学的制服的布料来补好魔毯,那种料子非常结实,然后让魔毯去把他们接回来。"

"可以,"西里尔说,"但是你那件周日穿的夹克要比我的伊顿公学制服结实多了。咱们恐怕不得不放弃给妈妈礼物了,就这样吧。我想……"

220

"快别说了！"凤凰喊道，"魔毯正在向地面下降。"

确实是如此。

魔毯翩翩而下，稳稳当当地落在了德特福德路的人行道上。魔毯落地时略有一些倾斜，西里尔和安西娅很自然地从上面走了下去，魔毯自己很快卷了起来，藏到了一个门柱后面。这一切都很快完成了，德特福德路上竟然没人注意到这一点。凤凰沙沙沙地一阵忙活，钻进了西里尔外套的胸前，几乎就在同时，一个熟悉的声音说道：

"天哪，我真不敢相信！你们到底在这儿干什么呢？"

对面正是他们亲爱的叔叔——雷金纳德叔叔。

"我们就是想到格林威治王宫去看看，我们正在谈论纳尔逊呢。"西里尔说道，他说的大部分都是他叔叔能够相信的一些话。

"那么，其他孩子呢？"雷金纳德叔叔问道。

"我也不太清楚。"西里尔回答道，这次倒是实话实说。

"好吧，"雷金纳德叔叔说，"我得赶紧走了。我在地方法院还有个案件要处理。作为一名律师，最让人不快的莫过于这一点了。机会来临时，却不能顺势把握。要是我能陪你们到彩绘厅看看的话，稍后说不定能请你们在'船'餐厅用午餐呢！但是，哎呀！恐怕不行了。"

叔叔掏了掏自己的口袋。

"我是没办法享受了，"他说道，"但是你们却未尝不可。给

你们，把这钱四个人分一分，应该能买到让你们都满意的东西。照顾好自己呀。再见。"

戴着高帽子的善良叔叔，挥舞着自己精致的雨伞，热情洋溢地跟大家挥手告别，匆匆地走了，只剩下西里尔和安西娅看着西里尔手中那些金光闪闪的金币，彼此交换着意味深长的眼神。

"天哪！"安西娅感叹道。

"天哪！"西里尔感叹道。

"天哪！"凤凰感叹道。

"古老的魔毯真是不错！"西里尔高兴地说道。

"魔毯真聪明啊——轻而易举又恰到好处。"凤凰十分平静，衷心赞扬道。

"哦，咱们快回家吧，让我好好修补一下魔毯。我真是太不应该了。我一会儿工夫就把其他人给置之脑后了。"时刻内疚不安的安西娅说道。

他们隐秘而快速地打开魔毯——他们可不希望引起公众的注意——就在他们的脚踏上魔毯的那一刻，安西娅希望回到家中，片刻之后，他们已经在家里了。

他们那位杰出的叔叔的善意让他们再也没有必要采取极端的方式，用西里尔伊顿公学的制服，或者是安西娅周日穿的夹克来修补魔毯了。

安西娅立刻做准备工作，将破了的补丁的边缘凑到一块儿，西里尔则心急火燎地走出去买了一大块大理石图案的美国油布，那些细致的家庭主妇常常用这种布料盖梳妆台和餐桌。这是他知道的最结实的布料了。

接着，他们开始将这种油布缝在魔毯上。没有其他兄弟姐妹在，儿童室让人感觉十分奇怪，西里尔不太确定他们是否可以坐车回到家中。因此，他想要给安西娅帮忙，虽然是出于善意，但是对安西娅的作用却不大。

凤凰看着他们忙活了一阵，但是却变得越来越烦躁不安。凤凰不断挥动着自己光彩夺目的羽毛，先是用一只金光闪闪的爪子站着，接着又换了另一只，最后说道：

"我实在受不了了，急死人了！我亲爱的罗伯特，是他让我的蛋孵出来的，我常常在他的诺福克夹克衫中栖息藏身，度过了那么多美好的时光！如果你们不介意的话，我想……"

"不介意——你想做什么就做吧，"安西娅大声说，"我真希望之前就该想到问问你的。"

西里尔打开了窗户。凤凰扇动着自己阳光般闪耀的翅膀，飞得无影无踪。

"现在一切都好了。"西里尔一边说，一边拿起了针，很快就把手上另外一处地方刺伤了。

我当然知道，此时此刻，你们最想知道的并不是安西娅和西里尔在做什么，而是罗伯特和简从魔毯上掉下去，落到阿默舍姆路 705 号房子屋顶的薄铅板上之后，究竟发生了些什么。

但是，我必须得告诉你另外一件事。讲故事时最让人烦恼的一件事情，莫过于无法同时讲述不同的部分。

当罗伯特发现自己坐在一块潮湿、冰冷、阴沉的铅板上时，他先是说："太倒霉了！"

简的第一反应就是哭泣。

"简，快别哭了，"简的哥哥柔声安慰道，"一切都会好起来的。"

接着，跟西里尔预料的一模一样，罗伯特四处看了看，想找到什么可以扔下去的东西，以便能够引起下面路上行人的注意。但是很可惜，他什么都没找到。说来也奇怪，薄铅板上一块石头都没有，连一块松动的瓦片都没有。屋顶是由石板制成的，每块石板都嵌得正好，坚守其位。但是，事情往往如此，在寻找一件东西时，往往会发现其他的意外之喜。他发现了一扇通往房子的活板门。

更加令人惊喜的是，那扇活板门并未上锁。

"快别哭哭啼啼了，到这儿来，简，"罗伯特大声地鼓励道，"快来帮忙把这个抬起来。要是咱们能到这个房子里，幸运的话，咱们可以不打扰任何人偷偷溜进去。快来帮忙。"

他们使劲抬起这扇门，直到它竖直立起，就在他们弯腰朝洞里看的时候，这道门向后倒了下去，发出一阵可怕的哐当声，摔在了后面的薄铅板上，这边的噪音还没消停，下面传来了一阵令人毛骨悚然的尖叫声。

"被发现了！"罗伯特感叹道，"天哪，真是活见鬼了！"

他们确实被发现了。

他们发现自己身处一个阁楼，也是一个杂物间。里面堆着一些箱子和坏掉的椅子，破旧的炉围和画框什么的，还有一些挂在钉子上的破布袋。

地板中间放着一个箱子，箱盖打开，装了半箱子的衣物。其他的衣物则整齐地堆放在地板上。衣物中间坐着一位女士，说实话，她非常胖，双腿笔直地伸在身前。刚才放声尖叫的正是她，实际上此时她仍在尖叫。

"别叫了！"简喊道，"请别叫了！我们不会伤害你的。"

"你们的同伙在哪里？"这位女士停止了尖叫，大声问道。

"其他人已经走了，乘着魔毯走了。"简实话实说。

"魔毯？"女士问道。

"是的。"简回答道。接着罗伯特呵止她说："你快别说了！"可是简还是说出来了："你肯定曾经读到过关于它的故事。凤凰和他们一起走了。"

接着，这位女士站了起来，小心地从一堆堆衣物中找到路走了出来，她走到门边，出去了，随手关上了门，两个孩子听到她在喊："塞普蒂默斯！塞普蒂默斯！"声音很大，充满了恐慌。

"现在，"罗伯特快速吩咐道，"我先跳下去。"

他摆动着手臂，率先从活动门跳了下去。

"现在该你了。摆动手臂往下跳。我会在下面接着你的。哎呀，现在没有时间啰唆了。我让你快跳。"

简也一跃而下。

罗伯特尽量接住简，他们在一堆堆的衣物中间翻滚，罗伯特上气不接下气，这都是由于接简导致的。接着他小声说道：

"咱们得赶紧藏起来——就藏在这些炉围和杂物后面吧，他们可能会认为咱们从屋顶逃走了。接着，等一切都平静下来后，咱们再从楼梯爬下去，然后趁机逃走。"

他们手忙脚乱地藏了起来。一个铁床架的一角顶住了罗伯特的腰，简则只有一只脚的容身之处，但他们硬生生忍了下来。女士回来时，不是和塞普蒂默斯一起，而是带着另外一位女士，她们屏住呼吸，心脏怦怦地狂跳不已。

"他们走了！"最初见到的那位女士说道，"可怜的小家伙们……简直是疯了，亲爱的……竟然逃得无影无踪！咱们得把这个房间锁起来，把警察叫过来。"

"小心一点儿。"第二位女士看起来似乎比第一位女士年长一些，体态略显纤瘦，也显得更为整洁一些。于是，两位女士拖过一只箱子放到了活动门下方，还在上面又放了一个箱子，然后两个人小心翼翼地爬了上去，把梳理得整整齐齐、纹丝不乱的头谨慎地伸了出去，四处张望寻找那两个"疯孩子"。

"现在快走。"罗伯特把床架支脚从自己身边推开，小声说。

他们尽量赶在两位女士还在透过活动门，向空荡荡的铅板张望的时候，从藏身之处逃出门去。

罗伯特和简踮着脚走下楼梯——一层、两层。他们透过楼梯扶手朝下望去。天哪！一个仆人提着装满的煤桶走了上来。

孩子们不约而同地一起快速穿过了第一道敞开的门。

这是一间书房，静谧且雅致，摆满了一排排的书，还有一

张写字台，一双绣花拖鞋摆在炉围上烘干。孩子们赶紧藏在了窗帘后面。就在他们穿过桌子的时候，他们看到上面有一个教会的捐款箱，敞开的箱子里空无一物，底部的封条也被撕去了。

"唉，太可怕了！"简小声说道，"咱们可能没办法从这儿逃出去了。"

"嘘！"罗伯特警告道，紧接着，楼梯上传来一些脚步声，很快，两位女士进到了房间里。她们并没有看到孩子们，但是却看到了空无一物的捐款箱。

"我知道了，"其中一位女士说道，"塞琳娜，这肯定是一个青少年犯罪团伙。从一开始我就知道是这么回事。孩子们肯定不是疯了。他们被派来吸引咱们的注意力，同时他们的同伙就来抢劫这座房子。"

"恐怕你说的是对的，"塞琳娜说道，"那他们现在到哪儿去了啊？"

"肯定是到楼下去了，去搜罗那些银奶壶和糖罐，还有乔叔叔的长勺，以及耶鲁沙姑姑的茶匙。我得下去看看。"

"哦，天哪，不要那么慌里慌张地逞英雄，"塞琳娜说道，"阿米莉娅，我们得打开窗户把警察叫进来，然后锁上门。我要……我要……"

塞琳娜话还没说完就大叫了一声，冲到窗边，正好和藏在那里的孩子们面对面。

"哦，请不要喊！"简请求道，"你们怎么能如此无情呢？我们根本不是窃贼，我们也没有团伙，我们更没有打开你们的捐款箱。我们曾经打开过自己的，但是我们根本没有必要用那些钱，我们的良知让我们把钱又放了回去。请你不要喊！哦，我非常希望你们千万不要……”

塞琳娜小姐紧抓着简，而阿米莉娅小姐则逮住了罗伯特。孩子们这才发现自己被强壮、修长的手死死抓住，手腕处呈现出粉色，而指关节则因用力呈现出白色。

“无论如何，我们抓住你们了，”阿米莉娅兴奋地说，“塞琳娜，你的俘房看起来要比我的小一点儿。你快打开窗户，竭尽所能地大声喊‘杀人啦！’”

塞琳娜奉命走到窗边，但当她打开窗户时，她喊的却不是“杀人啦”而是“塞普蒂默斯”，因为就在那一刻，她看到自己的外甥过来了。

很快，塞普蒂默斯就带着自己的弹簧锁钥匙进了门，沿着楼梯走了上来。就在他进入房间的那一瞬间，简和罗伯特同时发出一声兴奋的尖叫，声音好大好大，而且突如其来，两位女士在吃惊之下跳开了，差点让两个小家伙跑了。

“是咱们的牧师。”简大声说。

“你不记得我们了吗？”罗伯特问道，“你为我们的窃贼主持了婚礼——你难道不记得了吗？”

“我就知道是个团伙，”阿米莉娅说道，“塞普蒂默斯，这些无家可归的孩子是一个铤而走险的窃贼团伙的成员，他们将家里洗劫一空了。他们已经撬开了捐款箱，并且把里面的东西都偷走了。"

塞普蒂默斯牧师疲倦地用手摸着自己的额头。

"我感觉有点眩晕，"他说，"我上楼梯走得太快了。"

"我们根本没碰过那个可怕的箱子。"罗伯特说道。

"那么就是你的同伙干的。"塞琳娜小姐说道。

"不是的，不是的，"牧师赶紧说道，"是我自己打开箱子的。今天早上，我发现自己没有足够的零钱去支付妈妈的保险账单。我想说这不是一个梦吧，不是吧？"

"梦？不是的，确实不是。查看一下房间。我坚持自己的看法。"

牧师仍旧是面色苍白、战战兢兢，他查看了一下房间，当然没有什么可指摘窃贼之处。

当他回来时，他软弱无力地坐到了椅子上。

"你们会让我们走吗？"罗伯特愤怒难耐，慷慨激昂地问道，他长时间被一位强壮的女士抓着，心中燃烧着愤怒和绝望之火，血脉偾张。"我们没有在你们这儿做任何事。都是魔毯惹的祸。它让我们掉在薄铅板上了。我们也无能为力。你是知道它如何载着你到小岛上的，你还在那里给窃贼和厨娘主持了婚礼。"

"哦，我的头！"牧师喊道。

"眼下，你没必要担心你的头，"罗伯特说道，"尽量诚实一

点儿吧，保持自己的体面，尽到你的身份应尽的责任！"

"我觉得这是因为什么事情对我的惩罚，"塞普蒂默斯牧师疲惫无力地说道，"但是，此刻我确实什么都想不起来了。"

"快去叫警察。"塞琳娜小姐说道。

"快去叫医生。"牧师说道。

"那么，你觉得他们都疯了吗？"阿米莉娅问道。

"我觉得自己疯了。"牧师回答道。

简自从被抓住之后一直哭泣不止。这时候，她说道："你现在肯定没有疯，但是说不定会疯的，如果……这会让你立马得

到应有的报应。"

"塞琳娜姑姑,"牧师说道,"还有阿米莉娅姑姑,相信我,这只是一个荒诞无稽的梦。你们很快就会意识到这是一个梦的。之前我就做过这样的梦。但是,即使是在梦里,咱们也千万不能做什么不义之事。不要抓着孩子们了,他们什么坏事也没做。就像我之前说的,是我自己打开的箱子。"

这样,那双粗大、强壮的手才心不甘情不愿地松脱了。罗伯特活动了一下身体,生气且愤怒地站在那里。但是简却突然跑到牧师身边拥抱了他一下。她来得如此突然,牧师根本没有时间把她挡开。

"你真是个好人,"她说,"最初的时候确实很像是在梦里,但你会慢慢适应的。现在请让我们离开吧。你真是一位优秀、善良、受人尊重的牧师。"

"我不知道该怎么办,"塞普蒂默斯牧师说道,"这真是个难题。这是一个如此不同凡响的梦。也许这只是另外一种生活——真实到让你着迷。如果你疯了的话,还有一座梦中的精神病院,可以提供良好的治疗,让你快速地恢复,回到你那些悲伤不已的亲友当中。即使是在普普通通的生活中,弄清自己的职责都是那么困难,何况是在如此复杂的梦境之中呢……"

"如果这是一场梦的话,"罗伯特说,"你总会醒来的,那时候你就会懊悔不已,后悔把我们送到梦中的精神病院去,因为你没办法再回到同一个梦中把我们放走了,那样的话,我们就不得不一直待在那儿了。若是如此，我们那些没有陷入梦境的悲伤亲友们又该怎么办呢？"

此时，牧师只会说："哦，我的头！"

简和罗伯特感到既无助又无望，十分难受。一个认真尽责的牧师真是非常难以应付啊。

接着，就在这种无助又无望的感觉越来越强烈，几乎让他们无法承受时，两个孩子突然感觉到一种不同寻常的收缩感，就像是他们即将消失时的那种感觉。很快，他们就消失得无影无踪了，只剩下塞普蒂默斯牧师和他的两个姑姑。

"我就知道是个梦，"他大声说道，"我之前做过跟这类似的梦。塞琳娜姑姑，你也做了这个梦吗？还有，阿米莉娅你呢？你知道的，我梦到你也做了这个梦。"

塞琳娜姑姑看了看他，又看了看阿米莉娅，然后，她大着胆子问道："你到底什么意思啊？我们什么也没有梦到。你肯定是在自己的椅子上睡着了。"

这位绅士如释重负。

"哦，只有我做梦，那还好，"他说道，"要是咱们都梦到了的话，我绝不会相信它是梦了，绝不会！"

后来，塞琳娜姑姑对另一位姑姑说："是的，我知道这是谎言，我肯定会在适当的时候受到惩罚的。但是我不能眼睁睁看着可怜外甥的脑子崩溃。他恐怕不能承受三个人都陷入梦境的压力。这非常奇怪，难道不是吗？咱们三个人同时做了相同的

梦。我们决不能告诉他。但我要写一份报告给灵学研究社，当然，我会用星号代替名字的。"

她确实这样做了。你在这家协会的一本厚厚的蓝皮书中就能读到该报告的相关内容了。

当然，你肯定明白发生了什么事情吧？机敏的凤凰只不过是直接到了沙精那里，然后许愿让罗伯特和简回到家中而已。当然，他们立即就回到了家中。西里尔和安西娅修补魔毯的工作连一半都没完成。

当重逢的喜悦心情稍稍平复了一点儿，他们一起出门去了，拿着雷金纳德叔叔给他们的钱，为妈妈买了一份礼物。他们给妈妈买了一块粉色的丝绸手帕、一对青瓷花瓶、一瓶香水、一包圣诞蜡烛，还有一块形状和颜色都与番茄极为相像的香皂，还有一块像橙子的香皂，当然，如果看起来像橙子的话，恐怕人人都想要剥开它呢。他们还买了一块带糖衣的蛋糕，剩下的钱则买了一些花插在花瓶里。

当他们在桌子上把这些东西摆好，在盘子里放上蜡烛，准备要点燃的时候，就听到妈妈搭乘的出租马车到达的声音，他们把自己梳洗得干干净净，穿上了整洁的衣服。

然后罗伯特说："善良而古老的沙精啊！"其他人也跟着他这样说。

"但实际上，只有一只善良而古老的凤凰，"罗伯特说，"要是它没有想到去许愿的话，后果真是不堪设想！"

　　"就是啊!"凤凰说道,"我这么机智能干,可能对你们来说是一种幸运。"

　　"妈妈的出租马车来了。"安西娅大声喊道,凤凰赶紧藏了起来,其他人则点亮了蜡烛,很快妈妈就回到了家中。

　　她非常喜欢自己的礼物,轻而易举就相信了雷金纳德叔叔给他们金币的事情,并且深信不疑。

　　"善良而古老的魔毯。"西里尔临睡前双眼蒙眬地说道。

　　"魔毯没干什么吧?"凤凰在檐柱上嘟囔道。

第十一章 结局的开始

"天哪，我必须得说，"妈妈看着铺在地上的魔毯感叹道，它身上布满了补丁，经过修补，还加了闪闪发光的美国油布当衬布，"我不得不说，我这辈子从来没有买过像这块毯子一样得不偿失的东西。"

西里尔、罗伯特、简和安西娅轻轻地说了一个"哦!"算是对妈妈的轻声反抗。妈妈快速地扫了他们一眼，然后说：

"唉，当然，我看到你们已经把它缝补得很漂亮了，你们真是太贴心了，亲爱的孩子们。"

"男孩们也帮忙了。"可爱的女孩们坦白地说。

"但仍有点得不偿失，毕竟花了两个半便士呢！至少得用上几年吧。可是现在这样已经糟糕透顶了。好了，别管它了，亲爱的宝贝们，毕竟你们都尽力了。我觉得下次咱们还是买椰棕地毡吧。恐怕地毯在这间屋子里的日子也不是那么轻松吧，对吗?"

"妈妈，这不是我们的错，都怪我们的那些靴子，它们真的来自那些可靠的品牌吗?"罗伯特提问的时候满腹伤感,远远胜过愤怒。

"没办法,亲爱的,咱们没办法控制自己的靴子,"妈妈高高兴兴地说,"但是也许咱们进屋的时候可以换下靴子。这不过是我的想法罢了。我可不希望回到家的第一天早上就对你们横加指责。哦,我的小拉姆,你感觉怎么样?"

这段谈话发生在吃早饭时,在大家去看魔毯之前,拉姆过得不知道有多好,但没过多久,他就把盛在玻璃盘中的一大盘蓝莓果酱一下子全倒在了自己的小脑袋上。大家伙为这忙活了好长一段时间,好几个人折腾了半天才把果酱从他身上弄下来,这项十分有趣的工作把大家的注意力从魔毯上转移了,之后大家再也没有谈起魔毯多么破旧,简直得不偿失之类的话,也再没有说起妈妈对椰棕地毡的想法。

拉姆被洗得干干净净之后,必须得有人照顾他,而妈妈却在忙着卷头发、涂指甲,对着那堆乱七八糟让人头疼的记账单发愁,这正是厨娘给妈妈的那一堆脏兮兮的小字条,只有这些字条才能说明为什么厨娘把妈妈给她的那些维持家用的钱花得只剩下五个半便士,另外还有一大堆没有支付的账单。妈妈十分聪明,但即使这样,她对厨娘的账单还是不那么了解。

拉姆和自己的哥哥姐姐一起玩得非常开心。他可一点儿都没有忘记他们,不断地让哥哥姐姐们带他玩以前那些让人精疲力竭的游戏。"旋转世界",就是拉住宝宝的手一圈一圈地旋

转。还有"摇摆之翼",要抓住他的一个脚踝和一个手腕,从一侧到另一侧不断地荡来荡去。还有"爬上维苏威火山"的游戏,在这个游戏中,宝宝爬到你身上去,然后站在你的肩膀上,你尽可能地大声呼喊,充当喷发的火山的轰隆声,然后轻轻地颤动,将他震到地板上,让他打个滚,当作是庞贝被摧毁的那一瞬间。

"我还是觉得咱们得商量一下,下次妈妈再说起魔毯的时候,咱们最好怎么说。"西里尔上气不接下气,再也不肯假装是喷发的火山。

"好吧,你们来商量并决定吧,"安西娅说道,"到这儿来,可爱的拉姆宝贝。快到豹仔这儿来,咱们一块玩'诺亚方舟'。"

拉姆走了过来,由于模仿庞贝城的毁灭,他的头发乱作一团,满面灰尘,但是一爬到安西娅的怀里,他立马变成了一条蛇宝宝,不仅发出各种怪声,还扭来扭去的。安西娅说道:

> 我喜欢我的蛇宝宝,
> 他醒来的时候就咝咝作响,
> 他爬行的时候蜿蜒地蠕动,
> 即使在睡梦中也还在扭动。

"鳄鱼。"拉姆说道,露出了他所有小小的牙齿。于是,安西娅接着念道:

我喜欢我的鳄鱼宝宝，

我喜欢他真诚地露齿笑，

他的嘴如此奇妙和宽大，

我希望——从外面看他。

"好吧，你们都知道，"西里尔说道，"这不过是个麻烦。妈妈不肯相信关于魔毯的所有真相，而且……"

"你倒是实话实说，西里尔。"凤凰从蟑螂生活的橱柜里走出来说，那里还放着撕坏的书籍、坏掉的石板，还有很多残缺不全、奇形怪状的玩具，"现在来听听凤凰的至理名言吧，哦，应该是凤凰之子的至理名言……"

"有一个社团就叫这个名字。"西里尔说道。

"社团在哪里？还有，什么是社团？"凤凰问道。

"社团就是把很多人聚集在一起，人们之间拥有手足一样的情谊，有点像是……呃，就像是你知道的神庙一样，只是非常不同。"

"我了解你的意思了，"凤凰说，"我愿意去看一看这些自称是凤凰之子的人。"

"但是你的至理名言是什么呢？"

"至理名言总是受人欢迎的。"凤凰说。

"好漂亮的鹦鹉！"拉姆一边念叨着，一边把手伸向说着话的金色鸟儿。

凤凰小心翼翼地躲到了罗伯特身后，安西娅赶快想办法分散拉姆的注意力，念起了歌谣：

我喜欢我的兔宝宝，
但是啊，他有个可怕的坏习惯，
喜欢在岩石间穿越玩耍，
浸湿了他的小兔爪爪。

"实际上，我感觉你并不会关心什么凤凰之子。"罗伯特说，"我听说他们并没有做什么让人热血沸腾的事情，只不过是很能喝酒而已，比其他人喝得多多了，因为他们喝柠檬汽水和其他一些冒气泡的饮品，就像是你喝得越多，就能变得越好一样。"

"在你看来，可能是这样的，"简说道，"但对你的身体并不好。你会变得圆滚滚的了。"

凤凰打了个哈欠。

"听着，"安西娅说道，"我想到一个主意。这块魔毯跟一般的地毯可不一样。这块魔毯非常神奇。难道你们不觉得，要是咱们把生发剂放在上面一段时间，可能会产生什么魔力吗，就像长出头发那样？"

"可能会吧，"罗伯特回答道，"但我觉得石蜡可能会有同样的效果——无论如何，只要有那种气味就可以，生发剂似乎也

240

是因为这个原因。"

虽然事情难免有瑕疵，但是安西娅的主意值得一试，他们也确实依计而行了。

西里尔从爸爸的脸盆架上取来了生发剂。瓶子里已经没剩下多少生发剂了。

"我们不能把这些用光，"简说道，"以防爸爸的头发突然开始脱落。如果他没有东西可以用的话，他的头发可能在伊莱扎有时间到药店再买一瓶生发剂前就掉光了。要是有个秃头的爸爸就糟糕透了，那都是咱们的错。"

"而且我觉得，假发还挺贵的。"安西娅说道，"听着，在瓶中留出足够的量，能够涂满爸爸的脑袋就好，以防出现什么紧急情况——咱们用石蜡凑凑数吧。我希望这味道实实在在发挥点作用——气味确实是完全一样呢。"

于是，孩子们弄了一小茶匙生发剂，放在魔毯最大补丁的边缘处，还小心翼翼地把它弄到丝线的根部去，不够的地方再用一块法兰绒小心翼翼地涂上石蜡，然后再把法兰绒烧掉。火焰炽热，让凤凰和拉姆都非常开心。

"要我说多少次？"妈妈打开门说道，"要我说多少次，你们不能把石蜡拿来玩？你们刚才干了什么？"

"我们烧了一块石蜡破布。"安西娅回答道。

告诉妈妈他们对魔毯做了什么并没有什么用。她并不知道这是一块有魔力的毯子，而且也没有人想因为用灯油修复一块

普通的毯子而被笑话。

"好吧，再也别这样做了，"妈妈说，"现在，先把它放一边吧！爸爸发了一封电报过来。你们看！"她把电报拿了出来，孩子们抓着卷曲的页脚，读道：

"在加里克为孩子们订了包厢。我们坐在秣市剧院的前排位置。查令十字街，六点半见。"

"这就是说，"妈妈说道，"你们这群小家伙要去看《水孩子》了，高高兴兴地独自享受去吧，我和爸爸会接送你们的。亲爱的，快把拉姆抱给我，你和简要在红色的晚礼服上搭配上干净的蕾丝，但你们可能觉得需要熨烫一下。石蜡的味道真是太难闻了。快点，去把你们的晚礼服拿出来。"

晚礼服确实需要熨烫——而且是亟需熨烫，就是这么回事。作为番茄色的利伯蒂丝绸，它们在扮演红衣主教黎塞留的红色裙子时，确实十分生动，活灵活现。这些舞台造型十分漂亮，我希望能给你们讲讲这些，但是很抱歉，故事中不能事无巨细都说到。你们可能对于《塔里的王子》中的舞台造型格外感兴趣，当一个枕头爆裂开的时候，年轻的王子全身覆盖着羽毛，那个景象可能更适合称为"米迦勒节前夜"，或者是"拔鹅毛"。

熨烫晚礼服和缝上蕾丝占用了不少时间，但没有人觉得无趣，因为还有剧院可以期待，当然还期待着魔毯能长出新的丝线，正因如此，每个人都焦急等待着。四点钟的时候，简几乎可以确定已经开始有一些丝线长出来了。

凤凰栖息在炉围上，和往常一样，它说的话兼具娱乐性和教育意义——就像是学校颁发荣誉一样。但是凤凰今天看起来有些心不在焉，甚至有一些悲伤之情。

"凤凰，你感觉不太舒服吗？"安西娅弯腰从火上取下烙铁时问道。

"我没有生病，"金灿灿的凤凰沮丧地摇着脑袋说道，"我只是老了而已。"

"为什么就老了，你孵出来根本没有多长时间呢。"

"时间，"凤凰解释道，"是用心跳来计算的。我敢说，自从知道你们能够拔掉任何鸟儿的羽毛时，我就出现了心悸的症状。"

"但我以为你活了五百年呢，"罗伯特说道，"这一个五百年不过才刚刚开始啊。想一想你还要度过的时光吧。"

"时间，"凤凰说，"可能正如你们所意识到的，只不过是为了方便的虚构之物。世间本没有时间之类的东西。我在这儿生活的这两个月，节奏很快，恐怕抵得上沙漠生活中五百年的时间了。我已经老了，疲惫不堪。我觉得自己是不是该要生下自己的蛋了，然后在炽热火焰中长睡不起。但是，除非我处处小心，否则的话，可能会立即被孵化出来，那就太不幸了，我觉得自己恐怕已经无力承受了。别让我这些绝望的个人情感强加在你们这些欢天喜地的年轻人身上。今晚在剧院是什么演出啊？摔跤？斗剑？长颈鹿和独角兽决斗？"

"不是这样，"西里尔说道，"演出的名字叫作《水孩子》，要是演出内容和书籍内容不大相径庭的话，里面可没有剑什么的，只会有烟囱清洁工和教授，龙虾和水獭以及鲑鱼，还有很多生活在水里的孩子们。"

"这听起来让人感觉凉飕飕的。"凤凰打了个寒战，继续在煤钳上坐着。

"我觉得那里可能不会有真的水。"简说道，"剧院温暖如春且美丽如画，那里灯光闪耀，金碧辉煌。你难道不跟我们一块儿去吗？"

"我也正想这么说，"罗伯特以备受伤害的口气说，"只不过我知道打断别人说话是何等的粗鲁。来吧，凤凰，老朋友，演出会让你高兴起来的。这会让你开怀大笑。鲍彻先生的演出通常都十分精彩。你真该看看去年的《蓬头彼得》。"

"你们说的话都怪里怪气的，"凤凰说道，"但不管怎样，我还是会跟你们一起去看看的。你们所说的这位鲍彻的狂欢，也许可以帮助我忘记年龄带给我的沉重感。"

因此，那天晚上，凤凰就依偎在罗伯特伊顿公学校服的马甲里面，然后被带去看表演，这衣服对于罗伯特和凤凰来说，都显得太紧了。

他们在一家金光闪闪、到处都光可鉴人的餐厅用晚餐时，罗伯特只能假装有点冷，爸爸身着晚装，衬衫的前襟一片亮白，妈妈则穿着灰色晚礼服，她一走动礼服就会变成粉色和绿色，光彩夺目。罗伯特假装自己太冷了，没有办法脱掉自己的厚大衣，闷热难耐、坐立不安地度过了其他人觉得兴奋不已的大餐。他觉得自己简直是这个精致时尚之家的耻辱，他希望凤凰能够了解自己为了它遭了多大的罪。当然，我们都愿意为他人着想，即使自己受罪也在所不惜，但是我们常常希望他们了解这种情况，除非我们已经成为那种最为优秀和高贵的人，但显然，罗伯特不过是一个平凡人而已。

爸爸讲了很多轶事趣闻，妙趣横生，大家都笑得不可开交，即使嘴里塞满了食物也无法自已，但这不是很礼貌。罗伯特觉得，要是爸爸知道事情的来龙去脉的话，恐怕就不会觉得他穿着厚外套这件事那么有趣了。在这件事上，罗伯特可能是正确的。

当吃完最后一颗葡萄，在洗指碗清洗过后（这确确实实是一场真真正正的成人晚宴），孩子们被送到了剧院，领到一个非常靠近舞台的包厢，然后爸爸妈妈转身离开了。

爸爸离开时说道："现在，不管你们做什么，都不要离开这个包厢。演出结束的时候，我会回来接你们的。表现好点，你们会高高兴兴度过今晚的。罗伯特，这个地方够热了吧，可以把你的厚大衣脱下来了吧？还是不脱？好吧，我得说你肯定是生什么病了——腮腺炎或者麻疹或者真菌性口炎或者是在长牙。再见了。"

爸爸转身走了，罗伯特终于能脱下大衣了，他擦干自己额

头上的汗水，把此时快要压垮的毛乱蓬蓬的凤凰放了出来。罗伯特在包厢后面的穿衣镜中梳理着自己汗湿的头发，凤凰则要花点时间用嘴仔细梳理自己那些被弄得乱七八糟的羽毛。

他们到得非常早。当那些灯光完全亮起时，在镀金椅背上稳稳站着的凤凰，欣喜若狂地摇来晃去。

"这个场景是多么美丽啊！"凤凰喃喃说道，"这可比我的神庙漂亮多了！或者说我猜对了？你们把我带到这里是让我振奋精神，心中充满意外的喜悦。快告诉我，亲爱的罗伯特，这里才是我真正的神庙，另外那个不过是简陋的圣祠，供流浪者时常光顾而已，是不是这样啊？"

"我对流浪者的事情不太了解。"罗伯特说道，"如果你愿意的话，可以把这里看作你的神庙。别说话了！音乐奏响了。"

我不会跟你们讲述这场演出的。就像我之前说过的，人们不可能面面俱到。毫无疑问，你应该自己去看看《水孩子》。如果你没看过的话，恐怕有点丢人，或者说确实有点可惜。

我必须告诉你的是，虽然西里尔、简、罗伯特和安西娅像其他很多孩子一样深深沉醉于这场演出，但是凤凰享受的乐趣可是比他们要多得多。

"这确实是我的神庙，"凤凰不断地重复道，"多么光彩夺目的仪式啊！所有人都在向我致敬！"

演出中的歌曲被凤凰认为是表达对其尊重的赞美诗。合唱则是表达对它崇拜的合唱曲。在凤凰看来，电灯就是为它而亮的魔法火炬，它对脚灯是如此着迷，孩子们几乎无法说服它安静地待上一会儿。但是，当舞台上的石灰灯光亮起时，凤凰再也无法压抑自己的赞许之情。它挥舞着自己金光闪闪的翅膀，用整个剧院都能听得清清楚楚的叫声喊道："做得好，我的信徒们！非常感谢你们、欣赏你们！"

舞台上的小汤姆听到它说的话后，停了一小会儿。很多人都深吸了一口气，剧院内的所有人都把目光投向了孩子们所在的包厢，他们可真是运气不佳，只能难为情地待在那里，大多数人则发出嘘声，或者说："把他们赶出去！"

演出继续进行，一个服务员来到包厢里面，怒不可遏地嚷嚷了一番。

"不是我们，确实不是我们，"安西娅诚实地回答道，"是那只鸟说的。"

服务员说那就待在这儿吧，但是他们必须让自己的鸟儿保持安静。"像这样会打扰大家看演出的。"他严厉地说。

"它不会再这样了，"罗伯特恳切地看了一眼金光闪闪的凤凰说，"我保证它不会再这样了。"

"你可以离开了。"凤凰彬彬有礼地说道。

"好吧，没错，它是很漂亮，"服务员说，"只是，换作是我，在演出的时候我会把它罩起来。毕竟它扰乱了表演啊。"

"你要听话一点儿，不要再说话了，"安西娅说道，"你也不想扰乱自己的神庙吧？"

于是，凤凰现在十分安静，但是不断地跟孩子们窃窃私语："我想知道，这里为什么没有祭坛、没有香火？"它变得兴奋无比、焦躁不安，且十分烦人，四个人中至少有三个人都深深地希望当初把它留在家里。

接下来发生的一切，确实全都是凤凰的错。剧院里的人们可是一点儿错也没有，后来，也没有人能够明白这是怎么发生的。确实是的，除了肇事的凤凰和四个孩子之外，没人能够明白。凤凰在镀金椅背上站着，前仰后合地摇晃着，不时地上蹿下跳，就跟你自己家养的鹦鹉一样。我指的是长着红尾巴的灰鹦鹉。所有目光都聚焦在舞台上，台上表演的龙虾吟唱着歌谣，十分讨观众的喜欢："如果不能直走，那就横行吧！"这时候，凤凰热血澎湃地嘟囔着："没有祭坛、没有香火！"然后在孩子们根本没想到要阻止凤凰之前，它展开自己光彩夺目的翅膀，在剧院中飞掠而过，精致的幕布和镀金的木制品，掩映着它若隐若现的闪亮羽毛。

凤凰似乎只是展翅飞翔了一圈，就像是暴风雨来临的时候，海鸥在灰暗的海面上盘旋飞行一样。接着，凤凰落在了椅背上，而整个剧院里，凡是凤凰经过的地方，小小的火苗就像善良的火种一样燃烧了起来，一小股青烟花环一样蜷曲起来，像是成长的庄稼一样，袅袅升起，小小的火焰像是花蕾一般绽放开来。人们先是窃窃私语，接着就乱作一团，大声尖叫：

"着火了！着火了！"

舞台上放下幕布，亮起了灯。

"着火了！"每个人都在大声喊着，纷纷向门口冲去。

"真是一个伟大的想法！"凤凰沾沾自喜地说道，"一个宏伟的祭坛——免费提供火。这香味闻起来还不错吧？"

唯一的味道就是丝绸燃烧或装饰面料烧焦发出的令人窒息的气味。

小小的火苗越燃越旺，已经变成了大火焰。剧院中的人们大声地吆喝着，你挤我撞地向门边冲去。

"天哪，你怎么能这样做！"简大声喊道，"咱们赶紧出去吧。"

"爸爸说让咱们留在这儿。"安西娅面色灰白地说道，尽量保持自己平时说话的声音。

"他的意思可不是让咱们待在这儿被烤焦，"罗伯特说，"我可不想成为燃烧的楼板上被火烤的男孩。"

"当然不会了。"西里尔一边说，一边打开了包厢的门。

但一股浓浓的烟，再加上炽热的空气迫使他立马把门又关上了。这样根本没办法出去。

他们从包厢的前面望去。他们可以爬下去吗？

当然，这是可行的，但是爬下去情况能更好些吗？

"看一看那些人，"安西娅哽咽地说，"咱们根本过不去。"

确实，门口附近的人群看起来就像果酱制作季节时的苍蝇那样多。

"我希望咱们从来没见到过凤凰。"简说。

即使在这样一个可怕的时刻，罗伯特仍旧四处看了看，想知道凤凰是否听到了这句虽然是自然而然的话，但是确实非常不礼貌、让人不快的话。

凤凰已经飞走了。

"听着，"西里尔说道，"我曾在报纸上看到过有关火灾的报道，我很确定这并没什么关系。咱们就按爸爸说的，在这儿等着吧。"

"咱们也做不了其他的。"安西娅悲痛地说道。

"听着，"罗伯特说，"我不害怕——真的，我一点儿都不害怕。凤凰从来都不是一个让人讨厌的家伙，我肯定，无论如何，它都会帮助咱们摆脱困境的。我相信凤凰！"

"亲爱的罗伯特，凤凰真心感谢你。"一个无比动听的声音在他脚下响起，正是站在魔毯上的凤凰。

"快点上来！"凤凰说道，"站到魔毯上那些真正拥有悠久历史且真实的地方，还有……"

一股突然喷出的火焰阻断了凤凰的话。天哪！凤凰无意暖热了魔毯，意料之外的热量点燃了早上孩子们涂在魔毯上的石蜡。石蜡燃起了熊熊火焰。孩子们用尽全力也无法熄灭。孩子们无奈地退后，让魔毯燃烧成灰烬。石蜡烧尽之后，所有的苏格兰混色毛纱线补丁都已经烧光了。现在只剩下原来那块古老魔毯上的纤维——这块魔毯已经布满了窟窿。

"快上来，"凤凰说道，"我现在冷却下来了。"

四个孩子赶紧踏上魔毯剩余的部分，十分谨慎地调整自己的位置，尽量让一条腿或一只胳膊悬在这些窟窿上方。周围非常热——整个剧院就是一个火坑。其他人都已经跑出去了。

简不得不坐在安西娅的膝盖上。

"回家！"西里尔说道，转瞬之间，儿童室门口下方吹来的凉爽的风，吹拂在他们坐着的腿上。他们仍是坐在魔毯上，魔毯则铺在儿童室的适当位置，如此平静和无动于衷，就好像从来没有去过剧院或者亲身经历了火灾一样。

四个孩子都深深地舒了一口气。他们一向不怎么待见的风，此刻却是如此舒适宜人。而且，他们是安全的。其他所有人也都安全了。他们离开的时候，剧院已经空无一人了。人人对此都很确定。

不久，大家聊得热火朝天。无论如何，没有任何一次历险让他们有这么多的谈资，也从来没有一次如此真实过。

"你们注意到……了吗？"他们说，"你们记得……吗？"

突然之间，安西娅那张在火灾中弄得灰头土脸的小脸变得一片苍白。

"天哪，"她喊道，"爸爸和妈妈！哦，真是太可怕了！他们肯定会以为咱们烧成灰烬了。天哪，咱们赶快过去告诉他们咱们没事。"

"我们恐怕只会错过他们而已。"机智的西里尔说道。

"那么，你去吧，"安西娅说道，"或者我去。只是，先洗洗你的脸吧。要是妈妈看到你黑成那样，她肯定以为你已经烧坏了，她肯定会晕倒，或者吓病什么的。哦，我真希望咱们从来不认识那只凤凰。"

"别说了！"罗伯特说道，"对凤凰口出恶言一点儿用都没有。我觉得它是无法控制自己的本性。或许咱们最好也梳洗一番。现在，我突然意识到自己的手非常……"

自从那只凤凰告诉他们踏上魔毯以来，没有人再注意过它。也没有人注意到再也无人曾注意过它。

大家都算不上干净，西里尔正在匆忙穿上厚大衣，想要出去找自己的父母时——他将这称之为大海里捞针，这倒也不是没有道理——这时，前门传来爸爸的弹簧锁钥匙开门的声音，大家都向楼梯冲去。

"你们都安好吗？"妈妈哭着说，"你们都安好吗？"接着妈妈跪在大厅的油地毡上，想要立刻亲一亲四个湿漉漉的孩子，她又哭又笑，悲喜交加，爸爸站在旁边看着这一切，念叨着老天保佑之类的话。

"但是你们怎么猜到我们已经回到家里了呢？"后来，当每个人都冷静下来能好好说话时，西里尔问道。

"哎呀，这件事就更古怪了。我们听说加里克着火了，当然就直接奔那儿去了。"爸爸简短地说道，"我们怎么也找不到你们——而且我们怎么也进不去——但是消防员告诉我们每个人都平安出来了。接着，我听到一个声音在我耳边说'西里尔、安西娅、罗伯特和简……'好像有什么东西拍了拍我的肩膀。那是一只黄色的大鸽子，我想看看谁在说话，都被它挡住了。它展翅飞走了，接着又有人在另一个耳边说'他们都平安回家了'。当我回过头来想看谁在说话时，那只讨厌的鸽子又落在我的另一只肩膀上，要不是它，我就看清了。我觉得肯定是被火闪花了眼。你妈妈说那声音是……"

"我说是那只鸟在说话，"妈妈说，"确实是它说的话。至少那时候我这么认为。那不是什么鸽子。那

是一只橙色的凤头鹦鹉。我才不关心究竟是谁说的呢。它说的是对的，你们一个个都平安无事的。"

妈妈再次哭了起来，爸爸说享受过舞台的乐趣之后，上床休息是个不错的主意。

因此，大家都去睡了。

那天晚上，罗伯特和凤凰谈了谈。

"哦，很好，"罗伯特说出自己的感受之后，凤凰说，"你难道不知道我有能力控制火势吗？不要担心了。我，就像我在伦巴底街的大祭司一样，可以消除火势造成的影响。请帮忙打开窗户吧。"

凤凰飞了出去。

正因如此，第二天的报纸上报道剧院火灾造成的危害可比预期要轻多了。实际上，火灾根本没造成损失，因为凤凰花了整个晚上来修复一切。管理人员如何解释这一情况，以及有多少剧院高级管理者仍旧认为他们那天晚上肯定是疯了，这些情况就不得而知了。

第二天，妈妈看到了魔毯上烧出来的窟窿。

"弄上石蜡的部分着火了。"安西娅说。

"我得立即把那块地毯处理掉。"妈妈说道。

但是，孩子们彼此间传递的悲伤消息却是他们在昨晚事件中不断考虑的事情："我们必须得处理掉那只凤凰了。"

第十二章

结局的结束

"鸡蛋、吐司、牛奶、茶杯和茶碟、蛋匙、刀、黄油……我觉得够了，"安西娅一边念叨着，一边最后修饰了一下妈妈的早餐盘，然后走出去，小心翼翼地走上楼梯，每一步都用脚趾谨慎地摸索一番，所有手指都紧紧地抓着托盘。她轻轻走进妈妈的房间，把早餐盘放在椅子上。然后，她轻轻地拉起一扇百叶窗。

"亲爱的妈妈，您的头感觉好点了吗？"她小声轻柔地问道，她清楚地知道妈妈的头痛犯了，"我给您把早餐端上来了，还铺上了那块带着三叶草图案的餐布，就是我给您做的那块。"

"真是太好了。"妈妈睡眼惺忪地说。

妈妈因头痛在床上吃早餐时，安西娅对于应该怎么做知道得一清二楚。她取来温水，放了足量的科隆香水，用这清香四溢的水给妈妈洗了手和脸。这样，妈妈才能有食欲吃早餐。

"可是，我可爱的女儿这是怎么了？"妈妈的眼睛适应了光

线之后问道。

"哦，您生病了我感到很抱歉，"安西娅说，"都怪那场可怕的火灾，让您受了惊吓。爸爸也是这么说的。我们都觉得是我们的过错。我也解释不清，但是……"

"你真是个贴心的小傻瓜，这根本不是你们的错，"妈妈说，"怎么会是你们的错呢？"

"这正是我没办法告诉您的，"安西娅说道，"我没有您和爸爸那样的头脑，可以想办法解释一切事情。"

妈妈笑了。

"我的头脑？或者你的意思是想象力丰富的头脑？无论如何，今天早上这个头感觉很僵硬，而且疼痛难耐——但我会逐渐好起来的。快别像个傻乎乎的被宠坏的小女孩似的了。火灾可不是你们的错。不要了，亲爱的，我可不想吃鸡蛋。我想我还要再睡一会儿。你不用担心。还有，告诉厨娘，不要为了做饭的问题来打扰我。你们可以随便要求午餐想吃什么。"

安西娅蹑手蹑脚地关上门，马上跑到楼下去，点了一些自己喜欢的午餐。她点了一对火鸡、一大块李子布丁、奶酪蛋糕，还有杏仁和葡萄干。

厨娘说会按照她的要求做，只是结果却跟她没有点任何东西一样，因为当午饭端过来时，只有碎羊肉和小麦布丁，厨娘忘记了搭配碎羊肉的小片炸面包，小麦布丁也烤煳了。

当安西娅回到其他孩子中间时，她发现他们都沉浸在忧伤之中，她也是如此。每个人都心知肚明魔毯剩下的日子恐怕屈指可数了。确实如此，魔毯磨损得太厉害了，你几乎都能数得清它丝线的脉络。

现在，经历了将近一个月的魔幻事件之后，时间转瞬即逝，生活马上就要恢复成乏味、普通的老样子，简、罗伯特、安西娅和西里尔将恢复成和卡姆登镇上所有孩子们一模一样的状况，而那些孩子曾经是这四个孩子十分同情的对象，甚至有点看不起他们。

"我们就要和他们一样了。"西里尔说道。

"不同之处在于，"罗伯特说道，"咱们有更多事情值得回忆，还有更多东西因未得到而感伤。"

"妈妈在好起来以后，便会去挑选椰棕地毯，然后会尽快把魔毯扔掉的。想一想我们和椰棕地毯一起，我们！我们曾经在小岛上的椰子树下漫步，在那儿你永远不会患上百日咳。"

"很漂亮的小岛，"拉姆说道，"颜料盒般五彩缤纷的沙子和大海，都是那样闪耀夺目。"

他的哥哥姐姐们常常在想他是否记得那座小岛。现在他们知道了，拉姆记得。

"是的，"西里尔说道，"咱们再也不能乘着魔毯进行往返旅行了。"

他们谈的都是魔毯，但是心里想的却是凤凰。

那只金光闪闪的鸟儿是如此友好、彬彬有礼，处处进行指导——但是现在却在剧院里放火，还让妈妈生病了。

没有人谴责这只鸟儿。它不过是完全依照自己的天性行事而已。但是每个人都明白，没有必要请它拖长做客的时间了。实际上，用直白的话来说，就是必须得要求凤凰走了！

四个孩子都觉得像是卑鄙的间谍和背信弃义的友人一样，每个人在心中都不愿意对凤凰说出那样的话，告诉它这个卡姆登镇上的幸福之家再也没有它的容身之地了。每个孩子都很确定他们中必定要有一个人直接而勇敢地说出来，但是每个人都不希望是自己。

他们没有办法像希望中那样把整件事情好好商量一番，因为凤凰此刻就藏身于橱柜之中，混迹在那些蟑螂和奇形怪状的鞋子和破损的棋子中间。

但是安西娅却试着说出来了。

"这真是太可怕了。我真的很讨厌思考关于人的事，而且也不能把所想的事情说出来，因为担心他们知道你所想的事情后不知会怎么想，并且开始怀疑他们做了什么才会让你这么想，你为什么要那样想他们。"

安西娅有些焦虑，担心凤凰听不懂她说的话，她说了一番，却把大家完全弄糊涂了，一直到她指向大家都知道的凤凰所待的橱柜，西里尔才恍然大悟。

"是的。"他说道，而简和罗伯特正在试着彼此倾诉自己对安西娅说的那番话的不解，"但是最近发生了太多太多的事情，也该翻开新的篇章了，不管显得多么不近人情，毕竟妈妈的感受可是比任何低级生物的感受要重要多了。"

"你干得真不错，"安西娅边说边心不在焉地给拉姆用纸牌搭建房子，"我的意思是，把你们说的话结合在一起。我们需要多练习几次，才能为那些不可思议的时刻做好准备。我们讨论的就是这个。"她边对简和罗伯特说，边皱着眉头，用头指了指凤凰所在的橱柜。罗伯特和简瞬间就明白了，每个人都开口开始说话。

"等一会儿，"安西娅快速说道，"这个游戏是婉转说出你想说的话，除了你希望听明白的人之外，其他人都无法理解，可能有时候你想让明白的人也无法明白。"

"古老哲学家，"动听的声音说道，"充分了解你说话的艺术。"

毫不意外，这是凤凰的声音，它根本没在橱柜里，在他们的整个交谈过程中，它一直站在窗檐上瞪着金色的眼睛观察着他们。

"漂亮的小鸟！"拉姆说道，"金色的小鸟！"

"误入歧途的可怜孩子。"凤凰说。

四下里一时无声，悲痛气氛顿起，四个孩子不得不想到根据他们指向橱柜的动作，凤凰恐怕已经对他们暗暗隐藏的含义心知肚明了。凤凰可一点儿都不笨。

"我们只不过是说……"西里尔开口说道，我希望他不要说別的，只是说出真相。不管他要说什么，都没能说出来，因为凤凰打断了他的话，凤凰说话时，大家都松了一口气。

"我明白，"凤凰说，"你们有一些至关重要的信息要告诉那些低等的黑色兄弟们，它们在那边一直爬来爬去的。"它用自己的爪子指着橱柜，也就是蟑螂生活的地方。

"金色小鸟说话了，"拉姆兴奋无比地说道，"快去让妈妈看看。"

他扭动着溜下了安西娅的膝盖。

"妈妈正在睡觉呢，"简急忙说道，"快过来，藏到桌子下面，装成关在笼子里的野兽。"

但是，拉姆总是把自己的脚、手，甚至是头深深地卡在这些窟窿里，而所谓的笼子，或者说是桌子，就不得不挪到旁边的油地毡上去，这样一来，魔毯带着身上可怖的窟窿，赤裸裸地呈现在大家眼前。

"唉，"凤凰说，"它在这个世界的时日恐怕也不多了。"

"是的，"罗伯特说，"万事都有终点，太可怕了。"

"有时候结局会归于平静，"凤凰说，"我觉得，除非结局早点来临，否则这块魔毯最后非成碎片不可。"

"是的。"西里尔一边说，一边恭敬地踢了踢魔毯剩下的部分。魔毯明丽的色彩吸引了拉姆的目光，他手脚并用地快速爬了过来，开始拉扯上面的红蓝丝线。

"啊咯咯嗒，啊咯咯嗒，啊咯咯嗒，"拉姆喃喃地嘟囔着，

"咯嗒，啊，啊，啊！"

所有人还没来得及眨眼（即使他们想要这样做，但恐怕也没有丝毫用处），地面中间突然变得空荡荡的，一个由地板组成的孤岛，周围是一片油毡的大海。魔毯消失了，拉姆也跟着消失了！

周围一片死寂。拉姆，这个咿呀学语的小婴儿，独自一人被那块靠不住的魔毯带走了，更何况上面还布满了窟窿。没有人知道拉姆去哪儿了。没有人能找到他，因为现在没有魔毯可以跟着去找他。

简放声大哭起来，而安西娅，虽然脸色苍白且心中慌乱不已，但却是欲哭无泪。

"这肯定是在做梦。"她说道。

"那位牧师以前也这么说，"罗伯特心灰意冷地说，"但这并不是梦，这并不是梦啊。"

"但是拉姆并没有许愿啊，"西里尔说道，"他不过是在上面胡言乱语而已。"

"魔毯能够听懂所有的话，"凤凰说，"即使是胡言乱语也不例外。我不懂这种废话，但能肯定他的语言对魔毯来说绝对不是听不懂的那种。"

"那么，你的意思是不是，"安西娅吓得面色苍白地说道，"他说'啊咯咯嗒'什么的，其实是有什么含义的？"

"所有的话都表达一定的含义。"凤凰说。

"我觉得这一点你说错了，"西里尔说，"即使是说英语的人，特定情况下说的话可能并没有任何意义。"

"天哪，不要再为这个争辩不休了！"安西娅痛苦地呻吟道，'啊咯咯嗒'对拉姆和魔毯来说意味着什么呢？"

"毫无疑问，这个词对于魔毯和那个不幸的小婴儿来说，确实有相同的含义。"凤凰冷静地说道。

"那究竟是什么意思呢？天哪，是什么意思啊？"

"非常不好意思，"凤凰接话道，"我从没研究过这些胡言乱语。"

简抽抽搭搭地哭泣着，但是其他人都非常平静，也就是人们有时所说的绝望里的平静。拉姆不见了——拉姆，他们珍爱的未成年的小弟弟——他的有生之年中还从来没有脱离过爱他之人的视线——他现在竟然不见了。他孤身一人消失在广阔的世界中，除了一块身上全是窟窿的魔毯之外，再也没有其他陪伴者和保护者。在这之前，孩子们甚至从未真正理解世界究竟是何等广袤无垠。而拉姆可能在世界的任何一个地方！

"恐怕出去找拉姆也是没有用的。"西里尔满心悲伤，有气无力地说道。这不过是说出了其他孩子心中所想而已。

"你们希望他回来吗？"凤凰询问道，口气里带着一丝丝意外的疑问。

"当然了，我们希望他回来！"每个人都大声喊道。

"你们不是一直嫌弃他毫无价值，还麻烦多多吗？"凤凰疑惑不解地问道。

"不是，不是的，天哪，我们确实希望他回来！我们希望他回来！"

"这样的话，"显得更加疲惫不堪的金色凤凰说，"如果你们不介意的话，我想出去看看我能做点什么。"

西里尔猛地推开了窗户，凤凰一飞而去。

"哦，真希望妈妈一直睡着！天哪，要是妈妈醒过来想要找拉姆！天哪，要是仆人到屋里来的话！简，你快别哭了。这根本毫无用处。不，我并不是要哭泣——至少在你这么说之前不是的。"安西娅此时也忍不住了，"如果……如果我们但凡能做点什么，我就不会哭了。天哪！天哪！天哪！"

西里尔和罗伯特是男孩子，当然了，男孩是永远不会哭泣的。情况仍旧十分可怕，我毫不怀疑，他们尽力强颜欢笑，表现得像真正的男子汉那样行事。

就在这个提心吊胆的时候，妈妈的铃声响了。

孩子们陷入了一片死寂的沉默之中。安西娅擦干了眼泪。她向周围看了看，拿起烧火棍。她把烧火棍递给西里尔。

"使劲打我的手，"她说，"我得有充足的理由向妈妈解释我自己的眼睛为什么哭成这样。打得再厉害一些。"安西娅在西里尔用烧火棍轻轻敲了她一下后这样要求西里尔。而西里尔焦虑不安、战战兢兢，他鼓足劲儿想打得狠一点儿，但是却没想到比自己预期的重了很多。

安西娅尖叫了一声。

"哦，豹仔，我并没有打算伤害你，真的。"西里尔大声解释道，哐当一声把烧火棍扔进了炉围中。

"这……没……什么，"安西娅气喘吁吁地说，她用那只没有受伤的手抓住受伤的手，"手……变……红了。"

手背上出现了一块圆圆的红紫肿块。"现在，罗伯特，"她试着让呼吸更平稳一些，"你快出去……哦，我也不知道去哪儿……到垃圾箱那儿……任何地方都行……我会跟妈妈说你和拉姆出去了。"

安西娅现在已经准备好尽自己所能尽可能久地瞒住自己的妈妈。欺瞒当然是不对的，但在安西娅看来，尽可能久地让妈妈不为拉姆的事情担惊受怕是自己的责任。凤凰也许能够提供一些帮助。

"它总是会帮助咱们的，"罗伯特说，"它帮咱们从塔里逃了出来，即使是它在剧院里放火那次，它也把咱们安全地救出来了。它肯定会通过什么方式尽力帮助咱们的。"

妈妈又一次敲响了钟。

"哦，伊莱扎从来都不知道去应一声，"安西娅大喊道，"她从不这么做。哦，我得赶紧过去了。"

她急忙过去了。

她朝上爬楼梯的时候，心怦怦乱跳。妈妈当然注意到了她的眼睛——万幸，她的手可以解释眼睛红肿的原因。但是，拉姆……

"不，我一定不能想拉姆。"她对自己说，然后咬紧牙关，直到眼中又含着热泪，以便让自己有点其他的事情可想。她的手、腿和背部，甚至是因为流泪而发红的面庞，都因为她下决心不让妈妈担心而难以自抑地变僵硬了。

她轻轻地打开了门。

"妈妈，有什么事吗?"她问道。

"亲爱的，"妈妈说道，"拉姆……"

安西娅尽量表现得勇敢一些。她尝试着说拉姆和罗伯特出去了。可能她太努力这么做了，不管怎样，在她张开嘴的那一瞬间，什么话都说不出来。她只是张着嘴静静地站在那里。在那种不同寻常的处境下，张开嘴似乎更容易忍住不哭。

"拉姆，"妈妈接着说，"刚开始的时候他挺乖的，但是后来就开始把梳妆台布从梳妆台上扯下来，上面的那些刷子和瓶瓶罐罐什么的掉了一地，现在他是那么安静，我敢肯定他又在折腾什么可怕的恶作剧。但是，我从这儿也看不到他，我要是从床上起来看他的话，非晕倒了不可。"

"你是说他刚才在这儿吗?"安西娅说道。

"他当然在这儿，"妈妈有点不耐烦地说道，"你以为他刚才在哪里呢?"

安西娅绕着红木大床转了一圈，然后停住了脚步。

"他现在不在这儿了。"她说道。

显而易见，他来过这里，地上散落着梳妆台布，瓶瓶罐罐乱扔在地上，刷子和梳子丢得乱七八糟，缎带和蕾丝乱糟糟地缠作一团，这些都是小婴儿那充满好奇的手指从敞开抽屉里弄出来的杰作。

"那么，他肯定是偷偷溜出去了，"妈妈说道，"乖孩子，让他跟你们待在一起吧。如果我不能稍微睡会儿的话，等你爸爸回家的时候，恐怕我就更加憔悴不堪了。"

安西娅轻轻地关上了门。然后，她飞快地冲下楼梯，突然打开了儿童室的门，大声喊道：

"拉姆肯定是许愿要跟妈妈待在一起，他刚才一直都待在那儿。'啊咯咯嗒'……"

就像书上说的，这个不同寻常的词在她唇边再也没说出来。

因为她看到地板上铺着魔毯，而在魔毯上，在哥哥们和简的围绕之中，竟然坐着拉姆。他的脸上和衣服上都抹了很多凡士林和紫罗兰香粉，尽管弄成这个样子，仍然很容易就被认出来了。

"你说得对，"同样也在这里的凤凰说道，"正如你所说，事实证明，'啊咯咯嗒'这句胡言乱语的话代表的就是'我想到妈妈那里去'，忠心耿耿的魔毯听懂了这句话。"

"但是，"安西娅拉住拉姆，拥抱着他问道，"他是怎么回到这里来的呢？"

"哦，"凤凰说，"我飞到沙精那里去了，许愿你们咿呀学语的小弟弟回到你们中间，因此很快就实现了。"

"哦，我真是太高兴了，太高兴了！"安西娅仍旧抱着宝宝舍不得放手，开心地说道，"哦，亲爱的！简，闭嘴！我根本不在意他离开过我！西里尔！你和罗伯特把那块魔毯卷起来，放到那个蟑螂丛生的橱柜里。拉姆可能还会说'啊咯咯嗒'的，下一次可能就会指的是完全不同的事情了。现在，我的拉姆，豹仔带你去梳洗一下。快来吧。"

"我希望那些蟑螂不会许愿。"大家卷起魔毯的时候，西里尔说道。

两天以后，妈妈身体恢复得不错，可以出门了，那天晚上她就买了一张椰棕地毡回家。孩子们一直在讨论，还思来想去，但是仍旧没有想到用什么礼貌的方式可以告诉凤凰说他们不希望它继续留在这里。

孩子们在尴尬窘迫中又度过了好几天，凤凰则是呼呼大睡了好久。

现在，地毡已经铺好了，凤凰也悠然醒来，展翅飞到地毡上。

它轻轻地摇了摇戴着羽冠的头。

"我可不太喜欢这块地毯，"凤凰说，"它又粗糙又坚硬，我金灿灿的脚都被它弄伤了。"

"我们可得习惯它弄痛我们的脚。"西里尔说。

"那么，这块地毡，"凤凰说，"已经接替魔毯了。"

"是的，"罗伯特说，"如果你指的是取代它的话。"

"那么，那块神奇的魔毯呢?"凤凰突然热心地问道。

"明天收破烂的人就来了，"安西娅低声说道，"他会把魔毯带走的。"

凤凰挥舞着翅膀飞到它最喜欢站的椅背上。

"听我说!"它大声说道，"哦，年轻的孩子们，抑制住你们痛苦和绝望的眼泪，万事皆有定律，几千年后也许我根本不再记得你们。"

"真的吗，我不希望这样。"西里尔说道。

"不要哭泣，"凤凰继续说道，"我真的希望你们不要哭泣。我没想过要将这个消息以缓和的方式吐露给你们，让打击突然而至吧。离开你们的时刻已经到了。"

四个孩子都感觉如释重负。

"我们不用再苦恼怎么把这个消息告诉它了。"西里尔小声说道。

"唉，无须这样唉声叹气，"凤凰柔声说道，"天下无不散之筵席，我必须得离开你们了。我本想让你们能有所准备。唉，无须难过!"

"你一定要……这么快走吗?"安西娅喃喃道。她常常听到妈妈对那些下午来家中做客的女士们这么说。

"是的，我必须得走了，亲爱的，非常感谢你们。"凤凰回答道，就像是来家中做客的其中一位女士一样。

"我已经疲惫不堪了，"它继续说道，"我想要休息——毕竟经历过去这个月发生的那么多事情后，我只想好好休息一下，我想你们最后帮我一个忙。"

"我们一定尽力而为。"罗伯特说道。

现在真的要与凤凰告别了，要知道一直以来罗伯特最受凤凰的青睐，他真的跟凤凰认为的那样，心中充满了悲伤的离愁别绪。

"我想要那件打算给收破烂人的废物，把魔毯给我吧，让我走吧。"

"我们敢这么做吗？"安西娅说，"妈妈会介意吗？"

"为了你们我竭尽全力付出很多。"凤凰说。

"那么，好吧，我们会给你的。"罗伯特说。

凤凰欢天喜地地挥舞着自己的羽毛。

"有着金子般美丽心灵的孩子们，无须感到懊悔。"凤凰说，"快点——把魔毯打开吧，让我单独在这儿就行，但是首先要把火烧旺一些。等一会儿，当我沉浸在神圣的准备仪式中时，请帮我准备一些香气浓郁的木头和香料，作为最后的告别仪式吧。"

孩子们把残破的魔毯展开了。虽然这正是他们希望发生的事情，但是心中仍然悲伤难耐。接着，他们在火里添了半桶的煤，为凤凰关上了门——最后，将它和魔毯单独留在了里面。

"咱们中得留一个人在这儿看着。"大家都走出房间后，罗伯特兴奋地说道，"其他人可以去买芳香木料和香料。去买咱们的钱能买到的最好的东西，多买一点儿。咱们不要太小气。我希望能好好地给它送行。只有这样才能让咱们心里不会那么难过。"

大家都觉得，罗伯特是最受凤凰青睐的人，应该为凤凰的火葬选择材料，享受最后的充满哀痛的快乐。

"如果你愿意的话，我会在这儿看着的，"西里尔说，"我不介意。另外，外面雨下得很大，我的靴子有点漏水。"

因此，孩子们把西里尔留了下来，他在门外面像罗马士兵一样笔直地站着，而门里面凤凰已经准备好了。孩子们都出门去购买那些用于这场悲伤仪式的贵重物品去了。

"罗伯特说得对，"安西娅说，"咱们再也没有时间精打细算了。咱们先到文具店去吧，买一整包铅笔。如果整包购买的话，可能会便宜一些。"

这件事是他们一直都想做的，但是火葬以及和深爱的凤凰分别所带来的巨大刺激让他们变得格外奢侈。

文具店的人说这些铅笔是货真价实的杉木做的，我也希望确实是这种木料，文具店的人通常说的都是真话。这些铅笔至少花了一先令四便士。他们还花七便士设法买了一个镶嵌着象牙的小小檀香木盒子。

"因为，"安西娅说，"我知道檀香闻起来很香，当它点燃的时候，确实会非常好闻的。"

"象牙根本就没有味道，"罗伯特说，"恐怕你烧着象牙的时候，它会发出像骨头燃烧一样可怕的气味。"

在杂货店他们买了他们记得名字的所有香料。此外还买了多香果和葛缕子种子。樟脑和薰衣草油则是从药店买的。他们还买了一个标注着"帕尔马紫罗兰"的精油香氛。

他们把这些东西带回家的时候看到西里尔仍旧在站岗。当他们敲响门时，凤凰悦耳的声音回答道："请进。"他们才一窝蜂地进去了。

他们把魔毯铺开——或者说把魔毯剩下的部分铺开——上面有一个蛋，就跟孵出凤凰的那个蛋一模一样。

凤凰绕着蛋走了一圈又一圈，喜悦而骄傲

地咯咯叫着。

"你们知道的，这是我下的，"凤凰说，"跟我有生之年所下的那些蛋一样优良。"

大家都齐声应和，这只蛋确实很漂亮。

孩子们把所买的东西从包装纸中拿出来，都在桌子上排好，当他们劝凤凰离开它的蛋一会儿，看一看自己的火葬材料时，凤凰的情绪变得难以自抑。

"我从来也没有得到过比这更好的火葬木材了。"凤凰边擦去自己金色的泪珠边说，"快写下来：'去告诉沙精，满足凤凰最后的愿望，并且立刻送来。'"

但是，罗伯特希望更有礼貌一些，他写道："请去求沙精帮忙实现凤凰最后的愿望，若你愿意的话，直接回来即可。"这张纸贴在魔毯上，魔毯转瞬即逝，一眨眼的工夫又回来了。

另外一张纸上写的则是要求魔毯将凤凰蛋带到一个两千年内不会孵化的地方去。凤凰依依不舍地离开了自己的凤凰蛋，满腹愁绪，一步三回头。大家给魔毯贴上指令，魔毯快速地带着蛋从卡姆登镇孩子们的儿童室中消失了。

"哦，亲爱的！哦，亲爱的！哦，亲爱的！"每个人都念叨着。

"振作起来，"凤凰说，"你们觉得我和自己刚生下的这么珍贵的蛋分开难道不难过吗？快来吧，振作精神，点燃为我准备的火。"

"天哪!"罗伯特突然完全崩溃了,大声哭喊着,"我舍不得你离开!"

凤凰落在他的肩膀上,用自己的嘴轻轻地抚摸着他的耳朵。

"年轻人的悲伤转瞬即逝,如同梦一场,"凤凰说道,"我心爱的罗伯特,再见了。我非常爱你。"

火已经烧得通红通红。香料和芳香木也逐一摆放在了上面。有些气味芳香浓郁,而有些——比如其中的葛缕子种子和帕尔马紫罗兰精油香氛——可比你想象的要难闻多了。

"再见!再见!再见!再见!"凤凰遥远的声音不断传来。

"哦,再见。"大家个个眼含热泪地说道。

耀眼夺目的凤凰最后绕着房间盘旋了七周,进入了燃烧火焰的核心处。凤凰的内心似乎变得通红炽热——就在八只眼睛的注视下,它变成了一堆白灰,杉木铅笔和檀香木盒子的火焰交融在一起,在它的上方燃烧,把它盖了起来。

"你们到底把地毯弄去干什么了?"第二天妈妈问孩子们。

"我们把它给了一个很需要这毯子的人。它的名字是P开头的。"简回答说。

其他人立即让她不要多说话。

"哦,那好吧,反正它也值不了几个钱。"妈妈说。

"那个名字首字母为P的人说我们不会吃亏的。"在别人能够阻止她之前,简又说道。

"我想也是!"妈妈笑着说。

就在那天晚上，家里收到一个大箱子，写着所有孩子们的名字。伊莱扎从来都记不住送货过来的运输公司的名称。反正不是卡特·派特森公司或包裹快递公司送来的。

箱子很快就被打开了。这个木箱子实在太大了，用上了锤子和厨房的拨火棍才把它弄开，长钉子咯吱咯吱地被拔出来了，在掰开那些木板时，它们发出嘎吱嘎吱的响声。箱子里是一些非常柔软的纸张，纸张下面——天哪，似乎装满了你能想到的所有美丽的好东西。当然，我说的是尺寸适当的所有东西，当然汽车、飞机和经过充分训练的军马是装不下的。但是确实几乎囊括了所有孩子们一直想要拥有的东西——玩具啊，游戏用具啊，书籍啊，还有巧克力和樱桃干，还有颜料盒和照相机，当然也有他们一直想要送给爸爸妈妈和拉姆的所有礼物，只不过是他们一直没有钱买而已。在箱子的最下面有一片小小的金色羽毛。除了罗伯特之外并没有人看到，他把羽毛捡起来，藏到了夹克的胸部，那里以前一直是金色凤凰的容身之地。当他上床睡觉时，这片羽毛消失了。那是他最后一次见到属于凤凰的东西了。

妈妈一直想要的那件漂亮皮外套上面贴着一张纸，上面写道："作为魔毯的回报。感谢你们。——P"

你肯定能猜到爸爸妈妈是如何反复谈起这件事情的。最后，他们认为拿走魔毯的人，虽然孩子们始终无法清晰地描述出来，肯定是一个疯狂的百万富翁，以假扮收破烂的人来自娱自乐。但是孩子们显然了解得更多。

他们知道这肯定是法力无边的沙精满足了凤凰的最后一个愿望，而这一大箱子带给孩子们无限快乐的宝藏就是凤凰和魔毯故事的真真正正的结局了。

图书在版编目(CIP)数据

凤凰与魔毯/(英)伊迪丝·内斯比特著;(英)哈
罗德·罗伯特·米勒绘;张玉亮译.—杭州:浙江少
年儿童出版社,2019.6
(内斯比特儿童幻想小说)
ISBN 978-7-5597-1347-6

Ⅰ.①凤… Ⅱ.①伊… ②哈… ③张… Ⅲ.①儿童小
说—长篇小说—英国—现代 Ⅳ.①I561.84

中国版本图书馆 CIP 数据核字(2019)第 072209 号

内斯比特儿童幻想小说

凤凰与魔毯

FENGHUANG YU MOTAN

[英]伊迪丝·内斯比特/著

[英]哈罗德·罗伯特·米勒/绘

张玉亮/译

特约策划　稻草人童书馆
责任编辑　金晓蕾
装帧设计　艺诚文化
封面绘图　魏　宾
责任校对　苏足其
责任印制　王　振

浙江少年儿童出版社出版发行
　(杭州市天目山路40号)
浙江超能印业有限公司印刷
全国各地新华书店经销
开本 880mm×1230mm　1/32
印张 8.75
字数 166500
印数 1—8000
2019 年 6 月第 1 版
2019 年 6 月第 1 次印刷
ISBN 978-7-5597-1347-6
定价: 29.00 元

(如有印装质量问题,影响阅读,请与购买书店联系调换)
　承印厂联系电话:0573-84191188